読売新聞 朝刊一面コラム

竹内政明の「編集手帳」傑作選

竹内政明

読売新聞東京本社
論説委員

620

中公新書ラクレ

前書き……にかえて

読売新聞東京本社　論説委員
清水純一

本書の前書きの執筆を頼まれたとき、まず思い出したのは、あるときふと先輩がつぶやいた言葉でした。

先輩とはむろん、竹内政明さんです。きっとみなさま、これを聞いたら驚くのではないかと思います。

「おれだって、たまにはほめられたいんだ」

その顔で、その口で、その立場で……いや、その文章力で何をおっしゃる、と私自身大いにいぶかったものですが、お付き合いを重ねるうち、真意がわかってきました。

謎をひもとくには、まず新聞社におけるコラムニストの日常に触れなければなりません。

典型を紹介すると、朝起きて新聞を開いたり、テレビニュースを眺めたりする瞬間から、頭のなかで「きょうは何を書こうかな？」が始まります。さらに夕刊などを読んで、夕刻までにはニュースの中から「何」を扱うかを決めて、今度は「どう書くか」という思案に入ることになります。

むごい殺人事件が起こったとして、ただ「極悪非道である」などと書けば、新聞にコラムニストはいりません。何かそれ以上のことをいうために小説であったり、エッセーであったり、落語や映画のせりふだったり、詩や短歌や俳句はもちろん、歌謡曲や漫才のときもあります。新聞記者にして「文章芸人」を自称することもあった竹内さんの引用の多彩さは、この傑作選を読んで下さる方には説明するまでもないでしょう。

「編集手帳」執筆者となってから十年を前に出版した『名文どろぼう』（文春新書）

はおなじみかと思います。竹内さんは当初「ふんどし博物館」というタイトルを考えていたそうです。他人（が書いた文章）のふんどしで相撲を取るからです。どろぼうか、ふんどしか。

はてはて？　我が文章にはどちらがふさわしいだろう——などと好きな日本酒をちびりちびりやりながら考えたのだと思います。イタズラっぽく笑んだ、ご機嫌な顔が浮かぶようです。

まあ、どちらにしても、気位ばかり高いタイプの人が自著に選ぶタイトルではないですね。ふだんの人柄はここからでも察しうると思います。

文章の巧みさや切れ味もさることながら、そこに筆者の人柄や気持ちがにじむから、人の心をうつコラムが生まれるのでしょう。

顕著な例をあげれば、虐待やいじめ、痛ましい事件への怒り、やりきれなさを伝えるときの「編集手帳」はことのほか筆圧が強まります。この本にもどこかに被害者の苦しい胸の内と共感をともにする一編があるに違いありません。

かと思えば、駅頭でふと出くわした光景を爽やかに描写することもあります。中年女性の前を通り過ぎた青年の話が思い出されます。青年はその襟にクリーニング店のタグを取り忘れていて、それに気づいた女性がおもむろに声をかけ、取ってあげる。青年はびっくりしながらも、照れくさそうにお礼を言った。通りすがりの知らない者同士がつられてほほえむ——何日か後の新聞に、温かい拾い物をしたようで笑顔をもてた1日をありがたいと感じた、とつづりました。こんな何気ない日常の喜びを、どちらかというと硬派の記事が多い新聞の一面に平気で放り込めるのが竹内政明という文章家の特徴の一つです。

各界の「言葉のプロ」からも高い評価を得ています。

「どう展開するか、俄然、興味をかきたてる書き出し。そして、人間に対する理解とやさしさ」(俳人・長谷川櫂氏)

本書を一読すれば分かることですが、恐らく竹内さんにしか書けないだろうという文章があります。必ずや独特の作風を感じていただけることでしょう。

独創性は書き手を孤独に追いやるものです。どこのだれとも似てないのだから。それが冒頭の言葉の謎のヒントになるかと、不肖、あとを引き継いだ者としてしみじみ感じるところです。

これでいいか、もっとほかに書き方があるのでは？——自らに苦役を強いながら過ごした十六年と一か月であったことでしょう。自分の心の声は毎日なじったり、いやみをいうことがあっても、決してほめてはくれないものです。

この傑作選のタイトルについても、先輩らしい前日譚があります。

『ヘタクソメ』

二〇一七年八月に体調を崩し、長いリハビリが必要になる前、こんな題を考えついていたそうです。編集者の方は腰を抜かしたことでしょう。

先輩の意志をないがしろにするのは本分ではないものの、竹内コラムの素晴らしさを一言で表現するにはあまりにふさわしくない。

ということで、先の題は却下といたします。

前書き……にかえて

目次——読売新聞「編集手帳」傑作選

傑作選

第1章　四季の歌　—梅雨入りまで—

第2章　栄冠は君に輝く　—競技者の光と影—

第5章　あんたが大将　―政治家のいる風景―

第6章　地上の星　―あなたに照らされて―

第7章　昭和ブルース　―なつかしく、かなしく―

第8章 さよならをするために ―逝きし人の面影―

第9章 上を向いて歩こう ―東日本大震災―

第10章　四季の歌　―梅雨明けから―

（※本書前半には、『読売新聞　朝刊一面コラム「編集手帳」第三十二集』に未収録だった二〇一七年七月、八月分を収録した）

読売新聞
朝刊一面コラム

竹内政明の「編集手帳」傑作選

既刊シリーズ未収録分（２０１７年７月）

７月１日

フランスの文豪プルーストに若い頃のほろ苦い挿話がある。長編小説『失われた時を求めて』の一部『スワンの恋』の原稿を出版社に送った。

折り返し、編集者から出版を断る旨の手紙が届いた。「ある男が眠りにつく前にどう寝返りをうったかを描くのに、なぜ30ページも必要なのか分からない」と。

長い長い寝返りがあるかと思えば、〈春高楼の花の宴〉から〈垣に残るはただ葛《かずら》、松に歌うはただ嵐〉へ。わずか数行で何百年かの時間を旅した土井晩翠『荒城の月』のような詩もある。文学作品という紙のなかに刻まれる時間はいろいろだろう。

壁のカレンダーもまた、時を刻む紙である。きょうから7月、一年の折り返しを迎えた。トランプ台風と核ミサイルの嵐で激流の時間を過ごした半年と思い、「森友」「加計」に明け暮れた国会を見ては、意外に悠長な時間だったかと思い返す。不思議なチグハグ感がぬぐえない。

プルーストの主人公はマドレーヌを紅茶にひたして口に含んだとき、遠い幼年期の記憶が隅々までよみがえる。あとになって一杯の紅茶とともにこの半年を顧みるとき、人は何を思うのだろう。

7月4日

江戸の昔から伝わる気風だろう。人をやり込めるときも、東京っ子は言葉遊びを織り交ぜて、愉快に威勢よくやっつけた。例えば、おごり高ぶる仲間には、「おい、何だい、植木屋の看板みたいにいい気（木）になりやがって」。

都民の多くが目にした木は〝たるみ過ぎ〟という杉でもあり、〝お粗末〟という松でもあったろう。いずれにせよ、いい気になっていた自民党の庭先に植わっている木を、有権者がばっさり切り倒したのは間違いない。

東京都議選で自民党は、小池百合子知事の率いる地域政党に圧倒され、歴史的大敗を喫した。

「加計」問題の説明不足。国会終盤の強引な運営。閣僚の失言。おまけに幹事長が「私らを落とすなら落としてみろ」と、応援演説でメディアに八つ当たりする。入る票も逃げていこう。〈勝ちに不思議の勝ちあり、負けに不思議の負けなし〉（肥前平戸藩主・松浦静山《まつらせいざん》）である。

　間に合うかどうかは分からないが、政権党の座に返り咲いた5年前の初心に帰る以外に道はないだろう。〝処置なし〟という梨《なし》の木と、〝縁切り〟という桐《きり》の木を国民から贈呈される前に、である。

7月5日

その会話は球場のマイクが拾い、放送で流れた。

金子鋭《とし》プロ野球コミッショナー「この僕が頭を下げて頼んでいるんだ」

阪急・上田利治《としはる》監督「それがどうしたのですか」

1978年（昭和53年）、ヤクルト—阪急の日本シリーズ第7戦である。ヤクルトの大杉勝男選手が放った左翼ポール際の飛球を本塁打と認めた判定に、上田監督はファウルを主張して譲らない。線審の交代まで要求し、抗議は1時間19分に及んだ。

ファン置き去りの抗議は、当然ながら非難の十字砲火を浴びた。内容といい、時間といい、むちゃな抗議であり、執念を褒めるわけにはいかない。

いかないのだが、いまでも何かの時にふと、その人の背中を思い浮かべることがある。こらッ、早く再開しろ！　テレビ桟敷では、おそらく列島の何百万人かが毒づいたことだろう。孤立無援のグラウンドに立ち、無言の罵声を1時間19分にわたって受け止めつづけた背中である。

阪急を三度の日本一に導いた名将、上田さんが80歳で亡くなった。

〈われ生かす信《しん》はわれには唯一《ゆいっ》なり評する者のあらば我《われ》のみ〉（窪田空穂《うつぼ》）

あの日の、男の背中よ。

7月6日

いま頃の季節だろう。北原白秋の詩集『思ひ出』に「水路」という一編がある。〈ほうつほうつと蛍が飛ぶ／しとやかな柳河《やながわ》の水路を〉幼少期を過ごした水郷・柳川の風景である。

詩人にとって、水路と蛍の取り合わせは忘れがたい記憶であるらしく、詩集の序文でも触れている。小舟は、〈あをあをと眼に沁《し》みる蛍籠に美《うつ》くしい仮寝《かりね》の夢を時たまに閃《ひら》めかしながら〉夜の水を流れくだるのだ、と。

詩文の印象から、福岡県内の川は穏やかに流れるものと勝手に思い込んでいた。暴れ狂う濁流の映像から目が離せずにいる。

梅雨前線の影響で、西日本の各地が豪雨に見舞われた。気象庁はきのう夕刻、「数十年に一度」の重大な災害が迫っているとして、福岡県の筑後・筑豊地方などに「大雨特別警報」を発表した。土砂崩れや河川の氾濫におびえつつ、多くの住民が眠れない夜を過ごしたことだろう。

〈定紋《じょうもん》つけた古い提灯《ちょうちん》が、ぼんやりと／その舟の芝居もどりの家族を眠らす〉

白秋の詩は、水路をゆく人の幸せなひと時をうたっていた。家族そろっての穏やかな眠りを一刻も早く――と、思いはそれに尽きる。

7月7日

耳で聞いて、すぐには漢字の浮かばないときがある。いつぞやラジオをつけると、国文学の先生が何か雨の話をしていた。

「その前日に降る雨をセンシャウと言いまして」

前段を聞いていなかったので、どういう字を書くのか分からない。胸に浮かんだのは「戦車雨」である。あとで国語辞典をひいてみると案の定、違っていた。正しくは「洗車雨」と書く。七夕の前日、陰暦7月6日に降る雨のことをそう呼ぶらしい。

牽牛《けんぎゅう》は翌日に織女と逢う準備で、乗っていく牛車を洗う。その飛沫《ひまつ》が雨となって地上に降るのだという。

　正しい表記よりも、誤字のほうがしっくりくるときもある。５日から九州北部を襲った記録的な豪雨は、砲弾を浴びたような土砂崩れを引き起こし、家屋をばらばらに粉砕した。住民にとっては、生活を根こそぎ破壊する〝戦車雨〟であったろう。まだ安否の知れぬ人たちがいる。

　恋愛、仕事、学業……その他どんな願い事も、命あってのことである。

〈七夕竹《たなばただけ》惜命《しゃくみょう》の文字隠れなし〉（石田波郷）

　顔も名前も存じ上げない、どなたかの命。その一文字が、これほど胸に痛い七夕は記憶にない。

7月8日

寺田寅彦は自画像を描くために鏡をのぞいた。どうも自分に似ていない。別人に思えた。〈自分の肩の上について居る顔に就いてこんな経験をしようとは思はなかつた〉と、随筆『自画像』に書いている。

筆は事件捜査の手配写真に及ぶ。自分の顔でさえ別人に見えるのだから、容疑者の顔を写真で見極めるのは容易であるまい。むしろ似顔絵のほうが有効ではないか。〈上手なカリカチュア（戯画）は実物よりも以上に実物の全体を現《あら》はして居る〉と。

卓見だったろう。デジタル全盛のいまも犯罪捜査の現場では、モンタージュ写真より手描きの似顔絵が活躍していると聞く。

東京芸術大学卒業。異色の経歴を持つ警視庁多摩中央署・渡部慶太巡査長（25）の記事をヨミウリ・オンラインで読んだ。刑事だった父親にあこがれて警察官の道を選び、いまは交番に勤務しながら「似顔絵捜査官」になるべく腕を磨いているという。

美学者、柳宗悦《やなぎむねよし》の言葉を思い出す。

〈美術は理想に迫れば迫るほど美しく、工芸は現実に交われば交わるほど美しい〉

目指すのは、犯罪という現実に交わる工芸家だろう。その志に幸あれ。

7月13日

国語学者の金田一春彦さんに初恋の回想がある。旧制浦和高校に入ってまもない初夏のこと。学生寮から東京に帰省したとき、近所の道で可憐《かれん》な少女ににっこり挨拶《あいさつ》された。

〈魂が宙に飛ぶというのはこういうときだろうか〉（東京書籍『ケヤキ横丁《よこちょう》の住人』）

恋文をしたため、少女宅の郵便箱に託した。やがて返信が届いた。

〈私の娘は、まだ女学校の一年生である。貴下の手紙にお返事を書くようなものではない。貴下は立派な学校に入学された前途ある方である。どうか他のことはしばらく

忘れて学業にいそしまれよ。少年老い易《やす》く……〉

何年かして応召するとき、見送りの人垣のなかに少女の顔を見つけた。金田一さんが少女と初めて言葉を交わしたのは、それから30年余り後のことである。

「あの日、理由は何も告げず、父は言いました」

きょう出征する人の見送りには必ず参列しなさい、と。かつての少女は、「うたのおばさん」として親しまれる童謡歌手になっていた。

安西愛子さんの訃報《ふほう》（享年１００）に接し、金田一さんの失恋談議を読み返している。謹厳にして情けあり。昔は立派な父親がいた。

7月14日

亭主「野郎は、金坊《きんぼう》は、大きくなったろうな」
女房「自分の目で見てごらんよ」
亭主「目をあけると涙がぽろぽろ出てきていけねえ。おめえ、代わりに見てくんねえ」

奉公先から戻る息子を待ちかねた父親は、「ただいま」の声に感極まって目をあけていられない。落語の『藪入《やぶい》り』である。この噺《はなし》をおハコにした先代三遊亭円楽さんの口跡が懐かしい。

その昔、商家の奉公人は年2回、正月と盆の16日に暇をもらい、実家に帰るのを許された。「藪入り」といい、明後日がそれにあたる。歳時記と古典落語にひっそり残る言葉が今年に限って思い出されるのは、働き方を考えさせるニュースのせいかも知れない。

書面のみの審理による略式命令ではなく、正式の裁判が開かれることに決まった電通の違法残業事件である。

「1週間で10時間しか寝ていない」

過労自殺した高橋まつりさん（当時24歳）は、友人にそう訴えていた。

江戸川柳にある。

〈もうよかろうと藪入を母おこし〉

母親はわが子に、奉公先ではかなわぬ朝寝坊をさせてやったのだろう。眠りという小さな幸せさえ知らずに逝った人がいる。

7月15日

漢字を見て、成り立ちにあれこれ想像をめぐらすときがある。漢和辞典を引いていて、目に留まった〈唫《ゴン》〉に興味を誘われた。口偏に金。口をつぐむ動作を意味する字だという。

旁《つくり》の金は何だろう。人の口をふさぎ、黙らせる金属ならば、刃物や足枷《あしかせ》の鎖、監獄の鉄格子が浮かんでくる。それらの脅しに命をさらしつつ、最後まで抵抗を貫いた人である。ノーベル平和賞受賞者で、中国の民主化運動の象徴だった劉暁波氏（61）が服役囚の身分のまま死去した。

漢字の旁は金銭の金かも知れない。国際社会が求める劉氏の出国治療を中国政府が拒みつづけた裏には、経済力への傲《おご》りがあろう。貿易や投資で、わが超大国を敵に回していいのか。いやなら、人権は口にするな、と。

劉氏の活動の原点は、中国当局が民主化を求める学生らの運動を武力で弾圧した1989年の天安門事件にある。歌人の竹山広さんは当時、テレビに映った北京市民の悲痛な声を歌に詠んでいる。

〈戒厳軍の残忍を語り一語加ふ「日本軍もかくはせざりき」〉

一語一語を束ねて、万語億語にしていくしかない。

口よ、脅しに屈するなかれ。

7月19日

ドストエフスキーは『カラマーゾフの兄弟』の巻頭に新約聖書を引いている。

〈一粒の麦もし地に落ちて死なずば唯《ただ》一つにてあらん。もし死なば多くの実を結ぶべし〉

日野原重明さんはその一節を印象深く読んだという。

これほど異常な状況下の読書もない。1970年（昭和45年）3月、赤軍派にハイジャックされた日航機「よど号」の機中である。ましてや、人質の乗客に向けたサービスで用意したものか、犯人から借りた本である。

「業績をあげて有名な医師になる。そういう生き方は、もうやめた。生かされてある身は自分以外のことにささげよう」

当時58歳の日野原さんは心に誓ったという。「よど号」から生還したとき、名声と功業を追い求める麦は一度死んだのだろう。〝生涯現役〟の医師として、健康で豊かな老いのあるべき姿を体現しつづけた。誓いどおりの第二の人生に、どれだけ多くの高齢者が励まされたことか。日野原さんが105歳で死去した。

いまでは、語感も軽快な「アラハン」（＝100歳前後の人）なる言葉が少しも不自然に聞こえない。その人が残した麦の実の、何と豊穣《ほうじょう》なことよ。

7月20日

呉服商をゆすりに来た弁天小僧は黒縮緬《ちりめん》の着物に身を包み、良家のお嬢様を装っている。たくらみが露見し、居直って片肌を脱ぐ。

「わっちを知らねえのかえ」

歌舞伎でおなじみの白浪《しらなみ》五人男『浜松屋見世先《みせさき》の場』である。

白塗りの肌に浮かぶ色鮮やかな彫り物を目にして、観客は息をのみ、登場したときの黒地の装いが色彩を引き立たせる工夫であったことに気づく。黒から白へ。梅雨明けの季節を迎えるたび、芝居の一場面を思い出す。

きのう、西は中国、四国から、東は関東甲信の各地方にかけて、広い地域で梅雨が明けた。

色彩の変化が、いつもの年ほど鮮やかに感じられないのはなぜだろう。首都圏に雨の少ない梅雨だったこともあるが、九州北部を襲った豪雨の傷痕が生々しく、夏本番をうたう気分になれないせいかも知れない。被災地では34人が犠牲になり、まだ安否のわからない人が7人いる。

「知らざァ言って聞かせやしょう」

天に口があるならば、教えてもらいたいのは弁天小僧の素性《すじょう》ではない。降水量といい、気温といい、何やら〝節度〟のタガが外れてしまったらしい気象の行方である。

7月21日

小学校の教室で見たテレビの思い出がある。ある日のこと、担任の先生が言った。

「このドラマはとても勉強になるの。毎日、教室で見ることにしましょうね」

ＮＨＫの連続テレビ小説『おはなはん』（１９６６年）である。

朝の放送時間には主婦が水仕事をやめてテレビに見入り、水道局の水量メーターが一気に下がった、という高視聴率の伝説が残っている。小欄たちが教室で見たのは午後の再放送である。

♪　春なつ秋ふゆ／落葉と花とを越えて……

倍賞千恵子さんの歌った主題歌（作詞・横井弘）をご記憶の読者もおられよう。

作曲家の小川寛興《ひろおき》さんが92歳で亡くなった。『月光仮面は誰でしょう』『さよならはダンスの後に』『虹色の湖』。その歌が流れたとき、どこにいて、何をしていたか。メロディーを聞けば人生という日記帳の、過去のページがたちまちひらく。昭和世代には栞《しおり》のような人である。

「何の勉強になるの？　理科？　社会？」

退屈して、しつこく聞く子もいた。朝早く家を出る先生は、午後の再放送を何としても見たかったのだろう。私たち、ヤボな質問をしましたね、S先生。

7月22日

元関脇北勝力《ほくとうりき》、いまの谷川親方は「勝てば賜杯」の一番に負けた。２００４年夏場所。相手は当時19歳、新入幕の白鵬である。二度の〝待った〟でじらされ、立ち合いの変化にしてやられた。

谷川親方に後日談をうかがったことがある。その一番から4年後、２００８年のモンゴル巡業で見知らぬ婦人に声をかけられた。

「あの相撲はあなたが勝っていました。ごめんなさい」

白鵬関の母タミルさんだった。

4年前の息子の取り口を恥じ、覚えていて相手に謝る。何とまあ、すごいお母様だろう。

「越権行為ですね。でも、おふくろはありがたい」

伝え聞いた白鵬関は苦笑いしたという。

きのうの「スポーツ報知」でタミルさんの手記を読んだ。帰化する道を息子が選ぶのなら、その意思を尊重する。なぜなら、ここまで成長させてもらい、〈息子は「相撲」に恩返しをしなければいけない〉からだ、と。

前人未到の1048勝を成し遂げた人がテレビに映っている。この日の勝ち相撲ではなく前々日の負け相撲に触れ、ポツリとつぶやいた言葉が耳に残った。

「相撲は奥が深い」

この母にして、この子あり。

7月25日

11歳の少女は日記に書いている。

〈五月十四日土曜日、晴。ママと康ちゃん（弟）と一緒に銀座のコロンバンに行った。干葡萄《ほしぶどう》の入ったお菓子を買った。あしたの晩、みんなでお祖父《じい》ちゃまにおいしい洋食をさし上げる予定だからです〉

干葡萄のお菓子はどうなったのだろう。翌日の記述は1行しかない。

〈五月十五日。お祖父ちゃま御死去〉

犬養毅《いぬかいつよし》首相が暗殺された1932年（昭和7年）の「五・一五事件」である。

総理大臣の権力も、死に対しては何の力も持ち得ない。限界のないもの、絶対不変のものを求めて、少女はクリスチャンになった。評論家の犬養道子さんである。

20歳のとき、父・健《たける》氏がソ連の謀略活動「ゾルゲ事件」に関与した疑いで逮捕された。特高警察が家宅捜索に来る直前、母親が書斎の書類を釜の底に入れ、コメをぶち込むや、飯を炊くのを犬養さんは見ている。難民の支援活動などで見せた不屈の意志は、昭和史が家族に見舞った不幸の中で育まれたのだろう。

犬養さんが96歳で亡くなった。誰が名づけたか、その呼び名がこれほど似つかわしい人もいない。〈歴史の娘〉という。

7月26日

明治生まれの詩人、薄田泣菫《すすきだきゅうきん》に幼少期の回想がある。火鉢に薬罐《やかん》をかけようとして、ふと耳をすました。まだ火が熾《お》きないのに湯の沸く音がする。「茶立蟲《ちゃたてむし》のいたずらだ」と、父親が教えてくれた。その姿は誰も見たことがない、と。

〈美しい銀瓶《ぎんびん》のなかで真珠のやうな小粒の湯の玉が一つひとつ爆《は》ぜ割れる〉ような声だったと、随筆『茶立蟲』に書いている。チャタテムシは体長が1ミリに満たない仲間もいる小さな昆虫で、声は脚をこする音らしい。

ヨミウリ・オンラインの記事で、久しぶりにチャタテムシの消息を聞いた。

埼玉県立小児医療センターの手術室や病室で百数十匹が見つかり、24〜25日に予定されていた手術38件が、駆除作業のためにすべて中止になったという。人体には無害な虫だが、アレルギーの原因になることもある。ましてや場所が病院では、詩人の風流に倣うわけにもいかない。

泣菫は随筆に、〈静かで寂《さび》しみのあるもの〉を挙げている。女の涙、青い月光の滴り、かぐわしい花と花の私語、そして何よりもこの虫の声だ、と。明治は遠くなりにけり……と、チャタテムシの吐息が聞こえる。

7月27日

日本文学の研究者、ドナルド・キーンさんはニューヨークの友人宅を訪ねたとき、往年の大女優グレタ・ガルボと一緒になった。以前、本紙で思い出を語っている。伝説の美貌《びぼう》はすでに面影もなく、口紅が唇からはみ出して塗られていた。

女優はその頃、容色の衰えた自分の顔を見ることに耐えられず、鏡を身辺から遠ざけていたという。紅がうまく引けないのも道理だが、哀《かな》しい話ではある。

ありのままに映し出されると不愉快になり、遠ざければ遠ざけたで結果はもっと芳しくない。鏡はときに厄介なものである。権力にとってメディアの存在は、鏡に似ているかも知れない。

自民党の二階俊博幹事長が、二階派の研修会でまたメディア批判を開陳したという。「われわれは料金を払って（新聞を）購読しているのだから、書く方も責任を持ってくださいよ」は、まあいい。「そんなこと（＝世論の批判）に耳を貸さない」は、さて、いかがなものだろう。

ロシアの作家ゴーゴリの戯曲『検察官』の一節を思い出す。

〈つらが曲がっているのに、鏡を責めて何になろ……〉

鏡を責めて見目麗しくなった政権はない。

7月28日

セミの抜け殻を空蝉《うつせみ》という。「空蝉の」は、世、人、身にかかる枕詞《まくらことば》で、無常を表す。その季節とは言うものの、である。就任してまだ1年に満たない。民進党の蓮舫代表が辞任するという。

その党を会社に例えれば、かつて欠陥車を製造した自動車メーカーである。〈民主自動車〉では鳩山由紀夫社長の頃、外交・安全保障のハンドルが走行中に脱落した。一体どこに向かって走るのやら、これでは国家の命が危ないと、客足が遠のいた。〈民進自動車〉に社名が変わっても、外交・安保や憲法の設計は依然なおざりである。

業界首位の〈自民モーターズ〉も問題を抱え、評判が落ちてはいる。社長のゴルフ仲間が特別仕立ての車をコネでもらった……との疑惑だが、比べるのはどうだろう。それを理由に自民印を廃車にし、ハンドルのない民進印の欠陥車に買い替える度胸のある客は、そうそういまい。相手が真っ青になるほど立派なハンドルを装備することである。

〈空蟬の両眼《りょうがん》濡《ぬ》れて在《あ》りしかな〉（河原枇杷男《びわお》）

欠陥を放置する限り、民進党は涙の空蟬となるほかない。誰が後任の代表になろうとも、である。

7月29日

フランス国王ルイ14世は嘆いた。

〈役職をひとつ設けるたび、私は100人の不満分子と1人の恩知らずを作る〉

作家ボルテールが『ルイ14世の世紀』に書き留めている。絶対君主も人事には手を焼いたらしい。

稲田朋美防衛相が「消えた日報」問題の監督責任を取る形で辞任した。安倍首相にとっては稲田氏もまた、せっかく抜擢《ばってき》したのに期待を裏切ってくれた〝恩知らず〟組の一人に違いない。

と書きかけて、しばしためらう。王様を安倍首相に、恩知らずを問題閣僚になぞらえるのは、はたして見立てとして適切か。

稲田氏には、自衛隊の政治的中立を否定するような致命的失言もあり、資質がたびたび疑われてきた。その人をかばい続けたのは首相である。批判に知らん顔が通ると思ったのなら、〝安倍1強〟の傲《おご》りだろう。首相を信じていまの多数議席を与えた有権者にとり、恩知らずは誰あろう首相その人かも知れない。

ルイ14世は「太陽王」と呼ばれた。太陽もいつかは沈む。支持率に陰りの目立つ首相は一度、日の位置を確認しておくといい。昼下がりの薄曇りに見えて、じつは黄昏《たそがれ》のこともある。

8月1日

下積み暮らしの森光子さんが女優として世に出た経緯は知られている。大阪の劇場で脇役を演じたとき、劇作家菊田一夫の目に留まった。帰京する飛行機を待つ時間つぶしで、3分間にも満たぬ観劇だった。

えにしの糸とは不思議なものである。ヤクルト、日本ハムの強打者として鳴らした稲葉篤紀《あつのり》さん（44）も、森さんと似た経験をしている。以前、講談社の宣伝誌『本』で、スポーツライターの二宮清純さんに語っていた。

稲葉さんは大学（法政大）4年間で6本しか本塁打がない。うち明大戦で放った2

試合連続アーチをたまたま、当時ヤクルト監督の野村克也氏が見ていた。

野村氏は息子克則さん（現・ヤクルトコーチ）のいる明大側の応援に来ていたらしい。「プロでは無理でしょう」と反対するスカウトを押し切り、稲葉さんをドラフトで指名した。その人が2000本安打の名選手に育つのだから人生は分からない。

稲葉さんが野球の日本代表「侍ジャパン」の新監督に決まった。選手を見抜く眼光の重みを、誰よりも知る人である。東京五輪の舞台で、列島が歓喜の〝稲葉ジャンプ〟に震える日を待つ。

8月2日

天下太平の世を例えて、〈五日一風《ごじついっぷう》、十日一雨《じゅうじついちう》〉という。五日に一度、穏やかな風が吹き、十日に一度、静かな雨が降る。そういう世の中のことだと、中国の古い書物『論衡《ろんこう》』にある。

雨の降る理想的な間隔が10日間だとしても、それはあくまでも優しい雨のことであり、嵐ではない。「旬日《じゅんじつ》を出《い》でずして」（＝十日たたないうちに早くも）という慣用表現が、これほどぴったりくる出来事もなかろう。

天下太平ならぬ、天下不穏の〝10日間〟騒動である。トランプ米大統領が、10日前にみずから広報部長に指名したばかりの投資家スカラムチ氏を解任した。

氏と確執のあったプリーバス大統領首席補佐官、スパイサー報道官も先月、相次いで辞任している。要するに、グチャグチャである。米政権内の混乱をこれ幸いとして、抜け目のない北朝鮮などが妙な策謀に動くことはないか、心配の種は尽きない。

言うなれば〝十日一嵐《じゅうじつintらん》〟の記事に、石川啄木の歌を重ねた。

〈気の変《かわ》る人に仕《つか》へて／つくづくと／わが世がいやになりにけるかな〉

トランプ氏を縁の下でけなげに支える人々の、心の叫びに聞こえぬでもない。

8月3日

夏目家の猫も名前がなかった。漱石は「猫」と呼んでいたという。飼い犬には「ヘクトー」というギリシャ神話の英雄にちなんだ立派な名前があった。主人の文名を高めた功労者の割には冷遇されていたように見えるが、そうでもない。

〈眼の色は段々沈んで行く。日が落ちて微《かす》かな稲妻があらわれるような気がした〉『猫の墓』と題する一編には死の床にあるらしい猫の、瞳の色の移ろいが描かれている。そばにいて、じっと見つめていたのだろう。

漱石が門下生4人に猫の死を知らせたはがきのうち、所在の不明だった1枚が所蔵者から東京都新宿区に寄贈されたという。

俳人の松根東洋城《まつねとうようじょう》に宛てたもので、１９０８年（明治41年）９月14日の日付がある。黒枠で縁取られた文面は〈逝去〉〈埋葬〉の事実を告げ、〈御会葬には及び不申候《もうさずそうろう》〉と結ばれている。短いながらもユーモアのなかに哀惜の情がにじむ名文である。瞳に浮かんだ稲妻の光を忘れかねてか。漱石は白木の墓標に「猫の墓」と書き、一句をしたためている。

〈この下に稲妻起る宵あらん〉

ついに名前はなかったが、以《もっ》て瞑《めい》すべし、だろう。

8月4日

職場の机に、読みさしの本が置いてある。先日、古書店で見つけた。『国鐵《こくてつ》歌集』という。1957年（昭和32年）の刊行で、国鉄職員の短歌を収めている。

〈食塩錠《しょくえんじょう》呑《の》みこの夏を過《す》ごさんか機関車乗務員の何とわびしき〉（野切好美／鷲別《わしべつ》機関区）

機関車内の気温は45度を超えるときもあったという。食塩の錠剤を口に含み、顔を真っ赤にして罐《かま》を焚《た》く人の姿が目に浮かぶ。

国民を乗せた長距離列車の、内閣は機関士だろう。罐を焚く面々がいつのまにか、一等車にふんぞり返っていなかったか。与党首脳からは「私らを落とすなら落としてみろ」という発言まで出る始末である。支持率の低下は、おごれる機関士を叱《しか》る乗客の声にほかならない。

きのう、改造内閣が発足した。乗客が機関車「安倍号」を選んだのは、内においてはデフレを脱し、外に向けては国防の備えを万全にする運行計画に共感したからである。もう遅延は許されない。罐を焚いてもらおう。

〈出庫準備と丶のへしこの機関車より闘魂のごとき罐鳴《かまな》りのきこゆ〉（長野義光／行《ゆく》橋《はし》機関区）

食塩錠は不要だろう。国民の視線は十分に塩辛い。

8月5日

明けやすい夏の夜を「短夜《みじかよ》」という。明治・大正期の俳人、内藤鳴雪《めいせつ》の句がある。

〈短夜の物見ればみなかたみ哉《かな》〉

見るもの一つひとつがその人の残した形見のようで、面影が浮かんでくる、と。

手もとの歳時記には見あたらない。芸能史の資料によれば、帝国劇場の女優第1期生でトップスターの森律子（1890～1961）に贈った一句という。旧制一高に通う弟が自殺し、悲嘆に沈む律子を慰めたらしい。

作句のいきさつを離れて読んでも、胸に響くものがある。月遅れのお盆が近いせいだけではないかも知れない。九州北部を襲い、多くの命を奪った記録的な豪雨から、きょうで1か月になる。

いま使っている手帳に、しおり代わりの紙片を挟んでいる。手帳のメーカーが「身近な人の名言・格言」を愛用者から募り、優秀作品を紹介した宣伝用のチラシである。その一つに、〈思い出は心の非常食〉とあった。

遺族を泣かせてやまない面影の〝かたみ〟が、やがては生きていく心の糧〝非常食〟に変わるとしても、そうなるまでにはどれほどの長い時間を要するだろう。眠れぬ短夜もあるにちがいない。

8月8日

祖母は中学生の孫に紙切れを渡した。文字を知らない自分の代わりに、これから言うことばを書いてくれ、という。大日如来様、お地蔵様、ラジオ様、ガス様、電話様……。いぶかる孫に祖母は言った。

「みんな私の神様、仏様だ」

おばあさんの薫陶を受けたのかも知れない。雨風はときに迷惑な乱暴も働くが、その人は好んで胸にしみいる雨を語り、趣のある風をつづった。美しい日本の四季に添えられた〝様〟の一字を感じ取った方は多かろう。

気象キャスターの草分けでエッセイストの倉嶋厚さんが93歳で亡くなった。

その語り口を懐かしく思い出す。背後から差し込む光が前方の雨粒に反射する虹の原理を説いて――

〈日の差す方角ばかり探している人に、虹は見えないのです〉

砂漠に咲く花を語って――

〈何年も奇跡の雨を待つ。そういう人生もあるのでしょう〉

73歳で予期せぬうつ病を患い、乗り越えて――

〈人生の長期予報は当たりません〉

それでも、死んではいけない。〈やまない雨はないのだから〉と。

予報にない雨風にも見舞われた「人生」に、〝様〟の一字を美しく書き添えた人である。

8月9日

テレビでプロ野球を観戦していると、スコアボード上の記号が目に入る。「H」のヒット、「E」のエラーはおなじみだろう。「R」は得点（＝run）を意味する。得点の多い少ないで人が泣くのは、野球に限らない。採用（SAIYO）に「R」を加えると、裁量（SAIRYO）になる。「組織のトップだ。裁量のどこが悪い」とばかりに、得点を好き勝手に操作したとすれば、まじめに準備をして不採用の憂き目を見た人が気の毒である。

山梨県山梨市の職員採用にあたり、試験の成績を改竄《かいざん》した疑いで現職市長が逮捕された。

望月清賢《せいき》容疑者（70）は容疑を認めている。特定の受験者について筆記試験の点数を上乗せするよう、人事担当の職員に指示したという。関係先からは、複数の受験者氏名と金額を書いたリストが押収されている。合格ラインに届かない受験者に、裁量で下駄《げた》を履かせた謝礼だろう。

明るみに出たのは、今年4月に入庁した職員の採用試験である。以前に不正はなかったか。「R」はアルファベットの18番目に位置する。小遣い稼ぎの茶番試験が、その人の〝十八番《おハコ》〟でなければいい。

8月10日

主人公が思い出を語る。子供の頃、手習いに行くと、いたずらっ子にいじめられた。成人した今でも墨の匂いをかぐと当時がよみがえる、と。芥川龍之介の短編『世之助《よのすけ》の話』である。

〈少なくとも私にとっては、大抵な事が妙に嗅覚と関係を持っている〉

世之助の感懐には、うなずく方が多かろう。匂いは記憶の喚起装置ともいわれる。

きのう、住んでいる集合住宅の廊下で懐かしい香りに出合った。どこかのお宅で、麦茶を煮出していたらしい。水出しとペットボトルに慣れた身は、炒《い》った大麦を祖母が布の袋で煮ていた子供時代の遠い夏へ、しばし〝時間の旅〟をした。

ふるさとでお盆休みを過ごす人の、旅立つ季節である。夕暮れの縁側に漂う蚊取り線香の煙。夕立に濡《ぬ》れた土。線香花火の火薬。あるいは、ビニールの浮輪の栓を抜いたときに鼻先をかすめる空気……。記憶を呼び覚ます匂いは、さまざまに違いない。

世之助は語っている。

〈子供の時の喜びと悲しみとが、もう一度私を甘やかしてくれる〉

渋滞あり、満席ありで骨の折れる旅路の向こうには、心身を甘やかしてくれる匂いが待っていよう。

8月11日

歌詞のなかに季節を特定する言葉はないのだが、口ずさむのは夏の宵が多い。坂本九さんの歌った『見上げてごらん夜の星を』（詞・永六輔、曲・いずみたく）。九さんの悲劇的な死がその季節だったからだろう。

あす12日は日航機の墜落事故（１９８５年）で亡くなった九さんの命日にあたる。その深夜から翌日未明にかけて、３大流星群の一つ「ペルセウス座流星群」が見ごろを迎える。天候が許せば見上げてみたい星である。

見上げたくもない、禍々《まがまが》しい星もある。「火星12」は北朝鮮の中長距離弾道ミサイルである。

日本の頭越しに米国グアム島周辺へ4発を同時発射する作戦を「8月中旬までに完成させる」という。トランプ大統領は大統領で、「(米国を脅せば北朝鮮は) 世界が見たこともないような炎と怒りに直面する」と警告している。過激な言辞の応酬は外交による解決を遠ざけ、〝核には核〟の抜き差しならぬ事態に互いを追い込むだけだろう。

九さんは歌った。

♪　ボクらのように名もない星が／ささやかな幸せを祈ってる……

流れ星に祈る言葉は、〈平和〉の一語をおいてほかに浮かばない。

8月15日

詩が刻まれていた。題名を『あのとき空は青かった』という。

〈戦争という夜のあと　こどもの朝が訪れた〉

以前、淡路島の公園で見た「瀬戸内少年野球団の碑」である。

戦争に心身の傷ついた大人がいて、白球に夢を追う子供がいた。作詞家、阿久悠さん（1937～2007）の自伝的小説『瀬戸内少年野球団』をご記憶の方は多かろう。詩碑の「あのとき」は72年前のきょうを指す。

野球・映画・流行歌の三つを、阿久さんは「民主主義の三色旗」と呼んだ。戦後日本の平和を象徴する野球をこよなく愛した人である。

職場のテレビから不意にどよめきが聞こえた。甲子園でサヨナラ劇があったらしい。泥だらけの笑みが弾《はじ》けている。応援の女生徒が泣いている。詩碑の言う「夜」ではない。子供たちの「朝」が続いている当たり前の事実に感謝した。いつも以上に身の引き締まる終戦の日である。

阿久さんの『契り』（作曲・歌、五木ひろし）を思い出す。

〈緑は今もみずみずしいか／人の心は鷗《かもめ》のように真白《まっしろ》だろうか／子供はほがらかか／愛する人よ　すこやかに……〉

亡き人の、気遣わしげな声を聴く。

8月16日

ギリシャ神話の女神に、翼も凜々《りり》しいニケ（Ｎｉｋｅ＝勝利）がいる。ギリシャのサモトラケ島で発掘された「サモトラケのニケ」像を、パリのルーブル美術館でご覧になった方もあろう。頭部を欠いても美貌《びぼう》のしのばれる女神である。

彼女には、ビア（暴力）、クラトス（権力）というコワモテの姉妹がいたそうだが、人気ではニケ様にかなわない。スポーツ用品の世界的なブランドのほか、ニコラス、ニコルといった人名にもその名をとどめている。

勝利の女神といえば、移り気で、気まぐれないたずら好きと相場が決まっている。

これほど愛されつづけた人もめずらしい。

陸上の男子短距離、ウサイン・ボルト選手（30）（ジャマイカ）が現役を引退した。金メダルは五輪8個、世界選手権11個。100メートル9秒58。〝人類最速の男〟の伝説は天に向けて弓を引くポーズと共に、人々の記憶のなかで輝きつづけるに違いない。

昨年のリオ五輪が終わった頃、「読売歌壇」に載った一首を切り抜いてある。〈十字切りウサイン・ボルトが仰ぐとき神はこの世にいるとおもえり〉（館山市・山下祥子）

ニケ様だろう。

8月17日

ステファン坊やの投げたボールが、お隣ランガー家の窓ガラスを割った。坊やは泣いて父親に訴えた。

「パパ、ランガーさんが窓ガラスで僕のボールを壊しちゃったよ」

西洋の小話である。

父親は何と答えるだろう。窓は割れたが、なるほど、お前のボールもガラスの破片で傷ついたね。ボールと窓ガラス、非は双方にある……とは、まさか言うまい。言えば、父親失格である。

博愛と平等の心が一枚の美しいガラスならば、差別と偏見はそれを粉々に砕くボールだろう。米国南部で白人至上主義者の団体と反対派が衝突した。反対派の側に死者も出ている。

「非は双方にある」

トランプ大統領は記者会見でそう述べたという。

寺山修司の戯曲『乾いた湖』の一場面を思い出す。登場人物はラングストン・ヒューズの詩を朗読した。今年が没後50年にあたるアフリカ系米国人の作家である。

〈ぼくを重んじよ／おなじように降《ふ》ってきたのだ／おなじように／降ってきたのだ〉

あなたも、天から地上の米国へ、おなじように降ってきた3億2000万人の1人にすぎぬ。窓ガラスを割って謝らない子供を叱《しか》りなさい。

「日の当たらない人に、より多く言葉をかけたい」

【2015年度　日本記者クラブ賞受賞記念講演　講演録】

「ポプラナミキユキフカシ、サイキヲイノル」

私は、受賞の知らせを受けた時、北海道の小樽の街を夜、さまよっておりまして、その日、札幌に、しゃべるのが嫌いだといっている割に講演を頼まれて行ったんですね。普通は断るんですけれど、なぜ行ったかといいますと、私は北海道大学の卒業でございまして、北大の入学式で卒業生からのメッセージをということで、新入生に講演してくれという話が来まして。

普通は断るんですけれども、母校で大きな顔をして新入生にものをしゃべるというのは、これはもしかしたら私のはかない人生の中で最高のクライマックスのハイライトの瞬間かもしれないと思って、恥をかいてもハイライトの瞬間が持てたほうがいいだろうと思って講演に出かけまして。その後、こういうもっと素晴らしいハイライトが待っているとは気がつかなかったものですから。気がついていたら行かなかったと思うんですけれども。

それで、小樽という街で携帯電話が鳴り、受賞の知らせを聞いて、小樽という街が私にとってすごく特別な街になりました。なぜその時の話をしたかと申しますと、実は入学式でしゃべって、学生時代の思い出などをただしゃべるだけなんですけれども、その中で電報の話をいたしました。

私は浪人して大学に入ったもんですから、落ちた年と受かった年と二回合否電報を受け取っております。その話をいたしました。電文の内容は今も覚えておりまして、「ポプラナミキユキフカシ、サイキヲイノル」というのが落ちたときの電報でございます。「クラークホホエム」というのが受かったときの電報でございまして。

そんな話をしていましたときに、ふと気がついたんですね。この電報というのは、それは十八、十九のころに受け取った二本の電報ですけれど、考えてみると、この電報が今の仕事にもどこかでつながっているのかもしれないなと入学式でしゃべりながら考えました。

と申しますのは、落ちたときの「ポプラナミキユキフカシ、サイキヲイノル」というのは数えてみると18文字あるんですね。受かったときの「クラークホホエム」というのは半分以下の8文字ですね。落ちたのを知らせるだけの電報であれば「サイキヲイノル」という部分は恐らくいらないですね。ただ落ちたって分かればいいなら、それは「ポプラナミキユキフカシ」でもいいし、「ポプラチル」でもいいし、「トケイダイチンモク」でもいいし。それだけで終えても良かったんだろうと思うんです。

受かったときはやけにそっけないですね。「クラークホホエム」。その後にべつに「オメデトウ」とも何ともつくわけでもない。これは、この二つの電報というのは私は今も記憶しているのは何だろうかと思うと、何か一つ学んだような気がします。幸せな人間、日の当たっている人間というのは放っておいてもいい、そっけなく扱っておいてもいい。だけど日の当たらない人間、不幸せな人間にはもう少し言葉を使わなきゃいけないというようなことを、学んだというほど自覚していなかったんですけれども、今から振り返ってみると学んだような気がします。

私の書くコラムというのはよくへそ曲がりだといわれまして、大体電報と一緒で、勝った人にそっけないんですね。負けた人に手厚い。わざとそうしているのか、意識してそうしているのかと聞かれても答えられないんですけれども。例えば去年、ロシアのソチで冬のオリンピックがございました。10日か2週間ぐらいの期間でございますけれども、私が「編集手帳」で取り上げたのはたった2本しかないんです。

フィギュアスケートの女子の浅田真央選手と、女子のスキージャンプの高梨沙羅選手と、これを2回取り上げただけです。2人ともメダルは確実、金メダルが取れるかもしれないといわれながら結局取れなかった。その2人のことを「編集手帳」で書いただけなんですね。ですから、金メダルを取った羽生結弦選手のことも書いていませんし、銀メダルを取ったハーフパイプの平野歩夢君のことも書いていませんし、レジェンド葛西紀明さんのことも取り上げていません。負けた人間、日の当たらなかった人、2人だけを取り上げただけでした。

そのさらに4年前も振り返ってみますと、カナダのバンクーバーでやはり冬のオリンピックがございました。このとき、ご記憶かと思いますが、スケートのフィギュア男子で高橋大輔選手が銅メダルを取りました。日本の男子フィギュアでは初めてのメダルということで、大きく報じられました。でも私は、へそ曲がりといわれるゆえんですけれども、高橋選手のことは書かなかったんですね。

書いたのは織田信成選手。今はタレントをなさっているんですかね、泣かぬなら自分で泣こうホトトギスみたいに、コマーシャルなんかでも号泣している方ですけれど、織田選手は演技をしている途中で靴のひもが切れたんですね、ご記憶だと思いますが。そして、靴のひもが切れて、一回演技をやめて戻って靴のひもを取り替えて、それから演技を再開したわけです。

普通はもう、そこの時点でメダルは無理、入賞もまあ無理だろうというのは誰が見ても分かる状況です。そこで、織田選手はその後、一生懸命に演技をするわけです。会場からもそこに惜しみない拍手が寄せられる。最後、こんなふうにして演技を終えたときに、カメラがアップになって映るんです。私は職場で見ていたんですが、映ると声は聞こえないですけど、口の形が「ありがとうございました」と動くのが見えたんですね。

これは非常に胸を打たれまして。普通だったら唇をかみしめて青ざめてうつむいてもいいかもしれない。そういう、この日のために激しいつらい練習を重ねてきた人が、本番で靴のひもが切れてめちゃくちゃになった。でもその後、演技をしっかりやって、最後にお客さんに「ありがとうございました」といえるというのはすごいことだなと思いまして、私は織田選手の話を書きました。

これがへそ曲がり（といわれるゆえんです）。普通だったら高橋選手のことを書けばもっと誌面は華やぐし、読んだ人は気持ちがいいのかもしれないけれども、しようがないんですね、そういう性分に生まれついてしまったもんですから。

“ガチンコ力士”認定第1号という勲章

もう一つ、相撲の話をいたしますと、これは1年ほど前でしょうか。人気力士の高見盛が引退しました。高見盛が引退したとき、うちの新聞のスポーツ面にも大きく載りました。その下に小さく、武州山も引退というこんな15行ぐらいの記事が載っていました。またへそ曲がりでございまして、私は高見盛の引退じゃなくて武州山の引退を取り上げたんですね。武州山と高見盛というのは同じ年に同じ青森県に生まれまして、相撲をやって、両方とも大学相撲へ進みます。

高見盛は日大、武州山は大東文化大。同じ年に卒業して、同じ年に相撲界へ入ります。ですから、初土俵は一緒。それで引退する日も一緒だったんですね。同じようにして相撲人生を歩んできて、そのときに、人気力士ですからね、高見盛のほうは大きく扱われます。

片方の人は大きく扱われない。武州山というのはどういうお相撲さんだったかといいますと、たった一度だけスポーツ新聞に大きく載ったことがあるんです。私はそれを読んでいたものですから取り上げたんですけれど。

どうしてたった一度大きくスポーツ新聞に取り上げられたかといいますと、大相撲が八百長疑惑に大揺れだった時期がございました。八百長というのはどうやるかというと、携帯電話でやりとりをして、お金は銀行振り込みだそうです。よく知りませんけど。相撲協会が弁護士さんなんかを集めた第三者委員会というのを作って、第三者委員会が横綱から十両まで全部八百長があるかないかを調べることになりまして、全力士に携帯電話と通帳を持ってこいと、それを調べるからと通知をいたしました。

武州山は、いわれたとおり、通帳と携帯電話を持って第三者委員会のところに行くわけです。行くと、第三者委員会が何といったかといえば、「武州山さん、あなたは持ってこなくていいんですよ」と。あなたの相撲はみんな見ていて、誰が見たってあんなものは八百長だと思う人間はいない。全身全霊を込めて、負けるにしても、勝つにしても、相撲を取っているというのは見ている人はみんな分かっているんだから、あなたは要らないから持って帰りなさいと。

持ってこいと通知して、持ってきた携帯電話と通帳を差し戻している。押し返されて、それで武州山は帰ってくる。帰ってきて翌日のスポーツ新聞に、「〝ガチンコ力士〟認定第1号」という記事が載ったんです。それが武州山なんです。私は武州山が引退したときにその話を書きまして、どれだけ拍手を浴びたか、あるいはどれだけ勝ち星を稼いだかということもそれは素晴らしいけれども、だけど、男の人生にはまた別の勲章というのもあるんじゃないかと。

みんなが八百長疑惑に大揺れで、全員怪しいんじゃないか、一体どこにまともな力士がいるんだろうと疑心暗鬼になって、相撲界が大揺れして、もしかしたら伝統の国技が滅びるんじゃないかと思われていた時期に、ガチンコ認定第1号で、あんたの相撲を見ていたら誰も八百長だと思わないよといわれたというのは、これは勝ち星や拍手に負けないぐらいの勲章じゃなかろうかということを書きました。

そうしたら、その後でしばらくして、武州山、今は小野川という年寄を襲名して小野川親方（※2015年当時。現在清見潟）になっていますが、武州山から手紙をいただきまして。その手紙はちょうど（武州山が）引退するころですが、武州山のお父さんが体調が悪くて、かなり重病で、危篤まではいかないぐらいのお加減だったらしいんです。その病床にいるお父さんの枕元で、私が書いた「編集手帳」を武州山が読み上げた。すると、お父さんが涙を流して喜んでくれたとある。最後に親孝行ができてありがとうございました、という手紙を私は武州山、今の小野川親方からいただきまして、十何年書いているけれども、喜んでもらえる記事というものは何本もあるわけじゃないから、いいことができて良かったなと思ったんです。

これも今から考えてみれば、「ポプラナミキユキフカシ、サイキヲイノル」に（通じるものがある）。どこか再起を祈る、日の当たらない人に、より多く言葉をかけたいという、若いころに教わったことが今にもつながっているのかなと、そんなふうに考えております。

ただ、私の書くものは大体湿っぽくなってしまうんですね。だから、読者の方には喜んでいただいているのか、いただいていないのかというのはよく分からないんですけれど、これは性分だから恐らく、この先もそういうふうなものの見方、テーマの選び方、切り口の見つけ方でやっていくんだと、そういうふうに考えております。

完全には東日本大震災から立ち直れずに……

日の当たる、当たらないでいえば、東日本大震災などは幸せな人なんていないわけです。ニュースは全部悲しいことでございます。一番、仕事をした記憶はこの14年の中では東日本大震災が一番でございますね。いや、本当に疲れました。といって大体、おまえなんかべつに被災地を駆けずり回って取材しているわけじゃないだろう、疲れましたといっても本当に疲れているのかというふうに思われるかもしれませんけれど。

コラムを書いている人間の疲れ方というのは、ほかの新聞記者とはちょっと違うんですね。これは経験した方は分かっていただけると思うんですけれども、コラムと普通の記事の違いというのを私はよく俳句と短歌の違いに例えております。俳句は五七五ですね。短歌は五七五七七です。朝日新聞で以前、「折々のうた」を長く担当された詩人の大岡信さんがあるエッセイの中で俳句と短歌の違いを書いておられまして。俳句というのは、花が咲いた、鳥が鳴いている、そういう事実を写し取るだけで俳句になるんだと。だけど、短歌というのは七七がつく分、あるがままを描写したり、写し取ったりしただけでは短歌にならないんだ、咲いた花を見て、じゃあ、自分はどう思ったか。鳥が鳴いているのを聞いて自分はどう思ったか、そのどう思ったかという部分を書かないと短歌にならないんだというふうに大岡さんはいっておられます。

大岡さんは特に、例は挙げていなかったんですが、落語の枕などに、簡単な短歌の作り方というので、有名な俳句を持ってきてその後ろに、「それにつけても金の欲しさよ」とつければ短歌になるんだ、というものがあります。「古池や蛙飛びこむ水の音、それにつけても金の欲しさよ」、だとか。「菜の花や月は東に日は西に、それにつけても金の欲しさよ」。

これはまさに大岡さんがいっていらっしゃることと同じで、池に蛙が飛び込んだ音がした。これは事実ですよね。その事実に対して自分はどう思ったかというと、金が欲しいなと思ったということになるわけです。一般の記事とコラムを比べますと、まさに一般の記事は俳句なんですね。震災でいえば、母親が亡くなったところに子供が、棺にすがりついて泣きじゃくる、というのは非常に痛ましい話で悲劇ではありますけれども、泣きじゃくったと書くことは、それは事実を書いているだけであって俳句なんですね。

コラムはそれでは成り立たないわけです。じゃあ、その棺にすがって泣きじゃくっている子供を見て、おまえは何を思ったんだと。竹内、おまえは何を思ったんだと、そこを問いかけないとコラムは書けないんですね。ですから、例えばの話ですが、小学校2

年生、8歳の男の子が津波に流されて亡くなった。その父親が呆然としてまだ遺体の見つからない被災地をさまよい歩いている。

と、そういうニュースを見たときに、それで「編集手帳」を書こうと思うと、じゃあおまえはどう思うんだと、まず自分に問いかけなければいけない。問いかけると、私も息子が一人おりまして、もう成人して勤めておりますけれども、その息子が8歳のときに津波で死んだとしようと。そうすると、どうなると。中学の入学式のときにみんなでファミリーレストランに家族で行った思い出はないんだなと。息子が大学に合格したときに喜んだあの会話もないんだなと。

今は二人で酒を飲むときもありますが、あ、そうか、8歳で死んでいれば二人で酒を飲むこともないんだなと。家の中にあるもので8歳で死んだとしたら、あ、そうか、この高校時代の野球部で試合をやっている写真、額に入っているこの写真はないんだな。一つずつ息子からもらった旅行の思い出が家に飾ってある。それもないんだなと。一つずつ物を消していくと、なんにも残らないんだな、8歳までしか生きないということは、と気がつくんですね。

気がついて、そうなったときに初めて、じゃあ今日のコラムは書けると思うわけです。

その日はそれでコラムを書くわけです。そうすると、次の日は、今度は年老いた母親の手を握って避難しようとしているとき、その手を放してしまって、年老いた母親は津波に呑まれて死んでしまった。今、本当に何で手を放したんだろうって後悔している息子さんのニュースが流れてくる。

よし、今日はこれで書こうと思うと、今度は、昨日は子供を亡くした父親の気持ちだったけれど、今度は母親の手を放してしまった息子の気持ちにならなきゃいけない。私はもう、お袋は何十年も前に亡くしておりますが、亡くなる前に最後に話した会話は何だったかなとか、親孝行を幾つしたかなと数える。手を放した、手を握った。手を握った、お袋の手を握った記憶って最後はいつだったかな。

そういうことを幾つか積み重ねていって、自分の母親を亡くすというのはどういうものか。握っていた手を放してしまうというのはどういうことかというのが、ようやく自分で分かってくる。これでコラムが書けるというふうになるわけです。そうしますと、これを毎日ずっとなんですね。ちょうど俳優が役になりきるように感情移入をして、自分がその人の気持ちになったら（書ける）ということ、それをしないとコラムは書けない。それをすると、こんなにつらいものはなくて。（中略）

毎日お通夜に回っているような気持ちでコラムを書いておりました。ですから、現場に行っていないから、そんなに疲れないだろうとか思われる方もあるかもしれませんけれど、別な疲れ方をしまして。震災から大分時間が経ってきて、震災以外のテーマも随分書くようになってまいりましたから、今はそんな毎日がお通夜ということはないんですが、あのころの疲労というのはまだ随分残っておりまして、しかもさっき申し上げたように、私はどちらかというと、幸せと不幸であれば不幸のほうに目が向く、取り上げたいと思うたちなものですから、どうしてもまだ完全には震災から立ち直れずにコラムを書いております。

毎日読んでくださっている読者の方の中には、吹っ切れが悪いんじゃないかとか、どうも完成度が落ちているんじゃないのとか、いろいろ思われる方もあるかもしれませんが、しばらく経てば、また少し精神的にも立ち直れるのかなと思っておりまして。

まとまらない話というか、もともと次の方の前座でございますから、このあたりで勘弁していただけたらと思っております。今日はどうもありがとうございました。

2015年6月3日

同賞は、竹内氏が「ジャーナリズムを代表する1面コラムの書き手として、読者と新聞の距離を縮めマスメディアへの信頼を深める仕事をしてきたことが高く評価された」として贈られた。

※本講演録は、編集部が一部修正しています。

傑作選

第1章

四季の歌

――梅雨入りまで――

元日

年の瀬の商店街で親子連れとすれ違ったとき、小さな男の子が「ナミダクジ」と言った。手をひいたお母さんが「ア・ミ・ダ……」と笑った。

前後の会話を聞いていないので何の話題であったかは知らない。おさな子の唇に言い間違いから生まれ、たちまち消えた行きずりの一語が耳に残っている。

そういう言葉はないが、無理に漢字をあてれば「涙籤」だろう。真ん中を選んだつもりが、予期せぬ横棒1本に邪魔されて端っこにたどり着いたり、逆に、思いもよらぬ幸運にめぐり合ったり、人の世の浮き沈みは涙籤かも知れない。

あの人に出会わなければ、別の仕事を選んでいた。この町にいなかった。甘い酒の味を、あるいは苦い酒の味を、知らずにいた。誰しも過去を顧みれば、人生の曲がり角に「あの人」が立っている。年賀状という風習の成り立ちは不勉強で承知していないが、自分を今いる場所に連れてきてくれた〝横棒たち〟に再会する意味もあるのだろう。

つらい「辛」も、心弾む「幸」も、横棒1本の差でしかない。迎えた年が皆さんにとり、うれしい横棒の待つ感涙のナミダクジでありますように。

（2010・1・1）

箱根駅伝

今は亡き名女優の杉村春子さんは〝走る〟演技をするとき、役柄の年齢で走り方を演じ分けたという。ある対談で語っていた。

「いちばん若い頃はアゴで走るんです。年齢がいくにつれて、胸から走る、膝から走る、腰から走る……」

箱根駅伝の選手は10代から20代にかけての青年である。胸から、の年齢だろう。きのうの往路、どの選手もタスキ掛けの胸を冷たい風に張って走っていた。

スポーツ用語「駅伝」の名付け親は、歌人の土岐善麿《ときぜんまろ》といわれる。初の駅伝「東海道駅伝徒歩競走」（１９１７年）を主催した読売新聞の社会部長だった。

その人に印象深い一首がある。

〈いっぽんの杭《くい》にしるせる友が名の、それも消ゆるか潮風の中に〉

いま聞く耳には、震災の犠牲者を偲《しの》ぶ歌のようにも響く。つらい山坂のあること。ひとりの力ではゴールにたどり着けないこと。人生というものが二重写しになってテレビ画面にちらつく今年の箱根駅伝である。

のぼりの勾配はきつそうだが、とにもかくにも今年という年を走り出さねばなるまい。ときに上半身が置いてけぼりにされる、不肖「腰から」組の身なれども。

（２０１２・１・３）

センター試験

日常の聞き間違いが多くなったと、作家の阿川弘之さんが随筆集『食味風々録』（新潮社）に書いていた。うまいもの好きの人らしく食べ物の名前に聞こえるという。「世の中」が「最中《もなか》」、「無地の着物」が「アジの干物」、「3分の1の値段」が「サンドイッチの値段」といった具合らしい。耳はときに、そういういたずらをする。

使い慣れた日本語でさえ聞き間違いが絶えないのだから、外国語となれば用いる神経は大変なものだろう。昨夜は、「ここ一番、頼んだよ」と祈りつつ、念入りに耳の掃除をした受験生もいたに違いない。

今日から始まる大学入試センター試験では、初めて英語のリスニング（聞き取り）テストが導入される。受験生は各人に配られるイヤホン付きの装置で英語を聞き、解答用紙に答えを書くことになる。

試験場で雑音がじゃましないか、装置が故障しないか、という不安に加えて、受験生には気の毒なことに、予報では広い地域で雪模様という。交通機関の遅れなどに泣かないためにも、早めの起床、早めの出発は〝必須科目〟だろう。

「スニーカー」が「スミイカ」になり、「エドワード・ケネディ」が「江戸川の鰻《うなぎ》」になると、阿川さんは英語の聞き間違いも挙げていた。あわただしい朝だが、耳がいたずらをしないよう、お弁当は忘れずに。

（２００６・１・21）

桜

いつもと同じ通勤の道がこの季節はほんの少し、歩くのに時間がかかる。舗道に散り敷いた桜の花びらをどういう性分か、踏んで通れない。きのうの朝も、夜来の雨に散った花を避けて歩こうと足の運びがもたついた。

花吹雪の時期ならば命数尽きての大往生という気もするが、東京近郊ではようやく満開の声を聞いたばかりである。夭折《ようせつ》した命を見るようで、小さな切れ込みのある一片が哀れを誘う。

桜の花びらを眺めて連想するものは何だろう。詩人の杉山平一さんに『桜』という詩がある。その一節。

〈みんなが心に握つてゐる桃色の三等切符を／神様はしづかにお切りになる／ごらんはら〳〵と花びらが散る〉

きょうから4月、社会人としての一歩を刻む方もおられよう。会社であれ、官公庁であれ、初めは人に揉《も》まれて押し合い、へし合い、雨風は窓から吹き込み、ときにカミナリも落ちてくる三等列車での旅立ちになる。

それでも二等、一等の車両に乗る先輩たちは、虫の食った枯れ葉の切符はあっても花びらの切符は持っていない。「桃色の三等切符」を心に握る旅人よ、たった一度のいい春を。


（２００８・４・１）

入学式

わが子に芽生えた傷つきやすい感受性を、カタツムリの繊細なツノにたとえたのだろう。

〈蝸牛いつか哀歓を子はかくす〉（加藤楸邨《しゅうそん》）

子供はカタツムリの頃を通り過ぎて成長していく。

中学生だろう、朝の電車で真新しい制服姿の少年を見かけた。「連れなんかいないよ。ひとりだよ」とでも言いたげに、すましてつり革につかまっている。

と、少し離れて立っていた女性が歩み寄り、何かささやいた。少年は車窓を向いたまま、小さくうなずいた。入学式に向かう親子連れらしい。カタツムリの第２期あたりかも知れない。

連れのような、他人のような、うっとうしくはあれど邪慳《じゃけん》にもできない微妙な〝距離感〟は、遠い昔を顧みて身におぼえがある。鳥のヒナは宙を舞って巣立つ。翼を持たぬヒトは距離感を計りながら、おずおずと巣を離れていくしかない。きのうは、ここかしこで似たような巣立ちの光景が見られたことだろう。

〈何かあったか子の口笛の淋《さび》しい日〉（大西俊和）

親としては哀歓を口笛ではなく言葉で聴きたいところだが、致し方あるまい。われらも、かつては１匹のカタツムリなれば。

（２０１３・４・９）

啄木忌

何年か前、『読売俳壇』で読んだ句がある。

〈職探す人に幸あれ啄木忌〉（上田久幸）

仕事を探して各地を転々と放浪した歌人に、現代の就職難を重ねている。

仕事がなければ生活が立ちゆかない。ましてや病身となれば、薬代さえ滞る。

〈質屋から出して仕立直さした袷《あわせ》と下着とは、たった一晩家においただけでまた質屋へやられた〉

石川啄木は最後の記述となった1912年（明治45年）2月20日の日記にも金策の

憂いを綴《つづ》っている。

ありあまる詩才を抱きつつ、処世の苦しみ多き26年の生涯を閉じたのはその年の4月13日、あすで100年になる。

たとえば仕事を詠んでは、〈気の変る人に仕《つか》へて／つくづくと／わが世がいやになりにけるかな〉。望郷の念をうたっては、〈やまひある獣《けもの》のごとき／わがこころ／ふるさとのこと聞けばおとなし〉。自分の心境そのままだ、という人もあろう。十年ひと昔、その昔を十つらねた歳月を経て少しも古びることのない、奇跡のような歌人である。

かつて啄木歌集には誤植が多いと言われた。印刷所の文選工が原稿をつい身につまされて読み、涙で目が曇ったという。

（2012・4・12）

憲法記念日

江戸期の狂歌作者に元木網《もとのもくあみ》がいる。人を食った名前だが、平明で調べのきれいな歌もある。

〈あせ水をながしてならふ剣術のやくにもたゝぬ御代《みよ》ぞめでたき〉

侮られぬよう、隙《すき》を見せぬよう、汗水流して剣術の腕前を磨いているが、争いごとは望まない。日々の研鑽《けんさん》が無駄に終わる天下太平のありがたさは、身にしみて知っている、と。

国の守りも一首に尽きるのかも知れない。平和をめでる心を忘れて腕っぷしに執心すれば、北朝鮮のようになってしまう。さりとて稽古《けいこ》を捨てれば、無頼漢もいる世の中でわが身ひとつを守れない。

いまの憲法は一切の戦力保持を否定し、「竹刀には指一本触れません」と約束している。現実には自衛隊を抜きに国の備えは考えられず、憲法の規定は稽古を捨てたふり、いわば美しい虚構にほかならない。

制定の当時、時代劇でいう〝凶状持ち〟のような立場に置かれた敗戦国としては、それもやむを得なかっただろう。憲法施行からきょうで60年、「辻斬《つじぎ》り」や「道場破り」に無縁の国であることを内外に知らしめた歳月である。

憲法改正とは、虚構の部分を排し、裏も表もない正真正銘の平和憲法に書き直す作業をいうのだろう。平和のおかげで現在の繁栄を築き、「御代ぞめでたき」の心が骨の髄まで徹した国には、胸を張ってそれができる。

（2007・5・3）

こどもの日

少年の父親は、神仏に歌をささげる祭文《さいもん》語りをしていた。稼ぎは知れている。親類から借金をし、中学の修学旅行に行かせてくれた。少年の家には意外に金があるらしいと評判になった。少年はこの噂《うわさ》が嫌でたまらない。

作文に書いた。「次第にくやしくなって、なみだが出てくることがたびたびある」と。同級生を引き合いに出して、つづける。

「江一君や敏雄君の家がうらやましくなる。二人の家は銭がないということがはっきりわかるからだ」

ありのままの貧しさよりも偽りの豊かさが恥ずかしい……。いつもこの時期になると、いまは70歳を過ぎただろう少年の言葉を読み返す。山形県の山村で中学校の生徒がつづった文集『山びこ学校』（無着成恭編、岩波文庫）である。

能登の貧しい小作の家に生まれた歌人の坪野哲久さんに、せつない夢の覚めぎわを詠んだ一首がある。

〈少年貧時のかなしみは烙印《らくいん》のごときかなや夢さめてなほもなみだ溢《あふ》れ出《い》づ〉

子供ごころに家の貧窮がつらくないはずはない。

それでも作文の少年がありのままの貧しさを見てほしいと願ったのは、報われずとも額に汗して働き、足らずともつましいやりくりをする父と母の背中に貴いものを感じていたからだろう。大人たちが背中を鏡に映し、ふと物思いに浸る。きょうは「おとなの日」でもある。

（2006・5・5）

鵜飼い

動物に通う学校があれば、どんな校歌を合唱するだろう。画家、安野光雅さんの『大志の歌』（童話屋）は架空の校歌を収めた楽しい本である。

「函館市立ウミネコ小学校」があり、筑波山の「私立蝦蟇《がま》高等学校」がある。「岐阜県立長良川鵜《う》高等学校」の場合は、〈鯉《こい》や鯰《なまず》の影を知り／鮎《あゆ》呑《の》む術を学びしは〉わが学舎《まなびや》よ、といった具合になる。

どの歌も種族の誇りと愛校精神に満ちているが、鵜高校4番の歌詞はやや哀調を帯びている。

〈鵜の真似《まね》をして水に入る／うかれカラスを笑いしに／あわれ我がのどに紐《ひも》ありき／我が長良川高等学校〉

「鵜の真似をするカラス」とは身のほど知らずの人真似を笑うことわざだが、心のおもむくまま飛び来ては飛び去るカラスの境遇を、うらやむ時が鵜にもあるのかも知れない。勤め人にはどこか身につまされる歌の一節ではある。

〈おもしろうてやがてかなしき鵜舟かな〉と詠んだ芭蕉も、身の窮屈な武家暮らしから〝紐〟のない漂泊の旅に出た人だった。舟の篝《かがり》火《び》が映る川面に、鳥たちが身を躍らせる。金粉の舞う炎に酔いしれたあとの「やがてかなしき」胸の残照も鵜飼いの妙味だろう。

長良川できのう、鵜飼いがはじまった。今年こそは暇をみつけて……と、篝火を瞼《まぶた》に描くのはこの時期のならいだが、あわれ我がのどにも紐ありき。

（2006・5・12）

母の日

「おむすびが、どうしておいしいのだか、知っていますか」

母親が娘に語って聞かせる。

「あれはね、人間の指で握りしめて作るからですよ」

太宰治『斜陽』のひとこまである。

指で結ぶ。食べ物や料理の名称は数々あれども、「おむすび」（御結）ほど素朴にして美しい呼び名はそうそうあるまい。

「おにぎり」ともいう。日本国語大辞典は「おむすび」の項目に語誌を載せ、「地域的には、東日本は『おむすび』、西日本は『おにぎり』であるが、最近は『おにぎり』が一般的呼称になりつつある」と述べている。

太宰その人と同じく「おむすび」の東日本に生まれ育ったせいか、いまでも「おにぎり」と呼ぶと、何だか別種の食べ物のような気がしてならない。子供の頃に母親が握ってくれたのが「おむすび」で、それ以外の出来合いはすべて「おにぎり」で――つまらない偏見をお許しあれ。

〈母の日のてのひらの味塩むすび〉（鷹羽《たかは》狩行《しゅぎょう》）

あすは「母の日」、〝てのひらの味〟を思い出している方もあろう。二度と口にすることのできない身には、さて何の塩味か、ちょっとしょっぱい味覚である。

（2012・5・12）

蛍

コラムニストの青木雨彦《あめひこ》さんは、小動物の名前である古語「雨彦」から筆名を採った。アマガエルからの連想だろう、長い間、「雨彦」はカエルの異称とばかり思い込んでいたという。

後年、ヤスデのことだと知ってあわてたと、エッセーに書いている。雨上がりによく姿を見せることから、古人は「雨彦《あまびこ》」と名づけたらしい。

「本当に虫を愛するのは日本人とギリシャ人だ」と小泉八雲は言ったが、見て楽しい姿でもないヤスデにまで親しみのこもった名前を授けたところにも、日本人の虫好きがうかがえよう。

１万匹を超す貴重な昆虫標本を集めた『大昆虫博』（９月５日まで）が、東京都墨田区の江戸東京博物館で始まった。「ヘラクレスオオカブト」「トリバネアゲハ」といった世界最大級のカブトムシやチョウの標本も見ることができる。虫好きには垂涎《すいぜん》の的で、虫嫌いの人には宗旨変えを試みるいい機会だろう。

折しも蛍の季節である。

〈血の裔《すえ》に別るるごとし手のくぼの螢を闇に戻さむとして〉（竹山広）

血縁者の霊魂を見ているような――蛍に限らず、小さな虫にはそういう風情がある。

（２０１０・６・23）

梅雨入り

おのが美声に鼻高々の男に、「粋な声たァ、よく言えたね」と仲間があきれて言う。

「お前の声てェものはね、入梅どきに共同便所に裸足《はだし》で入って、出たとたんに金貸しに出っくわしたような声だよ」

落語のひとこまは、〝鬱陶《うっとう》しいもの〟尽くしだろう。長屋の共同便所が遠く姿を消し、金貸しがキャッシングという洗練された名称を名乗るようになったいまも、入梅どきの湿った気分は変わらない。

座敷には畳が敷かれ、桐《きり》の箪笥《たんす》が置かれ、押し入れには衣類を納めた茶箱がしまわれていた。空調機器などのない昔、湿気を少しでも防ごうと先人が絞った知恵の数々である。

狭い路地ですれ違う人同士が互いの傘を外側に傾け、相手に触れないようにするのを「傘かしげ」という。江戸期の人々によって伝承されてきた身のこなし、いわゆる江戸しぐさとして知られている。

梅雨の暗い雲に覆われた地域では、まだしばらくは鬱陶しい日がつづく。ささやかな気遣いによって互いの心を除湿した江戸しぐさの知恵に習い、せめて胸のなかだけでも涼やかに過ごしたいものである。

歌人の竹山広さんに、うなずく人の多いだろう雨の歌がある。

〈わが傘を持ち去りし者に十倍の罰を空想しつつ濡《ぬ》れてきぬ〉

裸足で入る共同便所よりも心の湿る現代しぐさに出会うのも、この季節である。

（２００５・６・17）

第2章

栄冠は君に輝く

―競技者の光と影―

野茂英雄

『怒りの葡萄《ぶどう》』などで知られる米国の作家ジョン・スタインベックは語ったという。〈天才とは、蝶《ちょう》を追っていつのまにか山頂に登っている少年である〉と。晴山陽一さんの著書『すごい言葉』（文春新書）に教えられた。

遥《はる》か眼下を見おろしてごらん。何とまあ、高い所までのぼったね。そう褒められても少年はぽかんとし、「ぼくは蝶を追ってきただけで……」と戸惑うのみだろう。

蝶を白球に変えれば、少年は野茂英雄投手（39）の姿に重なる。日本人メジャーリーガーの開拓者が切り開いた登山道があればこそ、イチロー選手や松井秀喜選手の今があるのだが、その人の口から自慢はおろか感慨めいた言葉さえ聞いたことがない。

新人王。１２３勝。２度の無安打無得点。大リーグに数々の偉大な足跡を刻み、野茂投手が引退を表明した。「悔いが残る」という。頂上からの眺望は眼中になし、少年の目は今も幻の蝶を追っているのだろう。

小池光さんの歌集『滴滴集』から。

〈野茂の尻こちらむくときつき出せる量塊《りょうかい》の偉《ゐ》は息のむまでぞ〉

見る者の胸に風を呼ぶ、あのトルネード（竜巻）はもう見られない。

（２００８・７・19）

池永正明

〈日々を過ごす／日々を過《あやま》つ／二つは／一つことか〉

詩人の吉野弘さんに、『過』という詩がある。

人は誰でも悔いの種をまき散らしながら生きている。多くの人は遠からずしてそれを過去に変え、過ちの荷をおろす時を迎えるだろう。荷をおろせないまま、35年の歳月を歩いてきた人もいる。

西鉄ライオンズの池永正明投手が「黒い霧事件」で永久失格の処分を受け、球界から追放されたのは1970年（昭和45年）である。八百長への関与は一貫して否定したが、八百長を持ちかけた同僚から現金を預かり、球団に報告しなかったとして「過ち」を問われた。

「肩をいたわってバケツを持つにも利き腕でない左手を使う」

下関商時代の野球一筋の横顔を、当時の本紙は伝えている。プロでは20勝を挙げて新人王に輝いた。身の不注意が招いた処分とはいえ、暗転という言葉がこれほど切々と響く半生はない。

プロ野球の実行委員会が「改悛《かいしゅん》の情」などを条件に、永久追放の選手に復権の道を開くよう野球協約を改正することを決めた。58歳の池永さんは、「やっときたかな、という気持ちでいっぱいです」と、感無量の胸の内を静かに語っている。

吉野さんの詩にならうならば、「過去」とは過ちが去ることでもあろう。白髪の目立つ老エースに、待ちわびた過去が訪れる。

（2005・3・3）

本田圭佑

ホテルでのどが渇き、砂糖水を注文した。

「シュガー、ウオーター」

たばことバターが来た。のちの貴族院議員、安場保和《やすばやすかず》が明治の初めに岩倉使節団に随行してワシントンを訪問した折の逸話である。

これで外国生活に嫌気がさし、帰国を願い出ている。１４０年がたった今も安場さんと同類の身は、テレビを見ながらただただ聴き惚《ほ》れてしまった。サッカーの本田圭佑選手（27）である。

約30分のあいだ、臆するでもなく、構えるでもない。ときにユーモアを交え、あるいは感慨深げに小考しながら、イタリア1部リーグ（セリエA）の名門、ACミランの入団記者会見を英語でこなした。

そのチームを選んだ理由を問われて、「心の中の〝リトル・ホンダ〟に聞いたら、ACミランでプレーしたいと言ったから」と答えている。たとえ日本語でも、そうやすやすと口から出るセリフではなかろう。たばことバターの安場さんも、どこかで鼻を高くしているに違いない。

12歳のとき、いつかセリエAで背番号10をつけたいと卒業文集に書いたという。〈生きることは一《ひ》と筋がよし寒椿《かんつばき》〉（五所平之助）

夢はかなう。

（2014・1・10）

タイガー・ウッズ

おさんというよく出来た女房がありながら、遊女小春と恋仲になった大坂の紙問屋、治兵衛がしみじみ語る。

〈親のばち、天のばち、仏神《ぶつじん》のばちは当たらずとも、女房のばちが恐ろしい〉

近松門左衛門の浄瑠璃『心中天網島』のせりふを、ゴルフ界に君臨するスーパースターはほろ苦く噛《か》みしめているかも知れない。女性問題の醜聞にまみれたタイガー・ウッズ選手（33）が活動を無期限で自粛するという。

名前の挙がった「愛人」は十指に余る。模範的な社会人、家庭人と思われていた人のつまずきに、米国内では昼夜の別なき報道合戦が続いているらしい。「女房のばち」がどう当たり、どう収まるかは、夫妻に任せておけばいいことで、メディアが〝ばち当て役〟に参加することもあるまい。長女は２歳と聞く。ものごころがつきはじめた子供にまで、心痛という形で有名税を支払わせるのは酷である。

幸か不幸か、その手の艶《つや》めいた醜聞にまみれた経験はないが、万一その嵐に見舞われたとき、自分を励ますために用意した俗謡があるので、ウッズ選手に贈る。〈人の噂《うわさ》も七十五日　悔しきゃ噂をされて見や〉

（２００９・12・17）

武州山

相撲界が八百長疑惑で大揺れの頃である。弁護士などの調査チームが関取衆から事情を聴取し、その際、証拠物件となる携帯電話と預金通帳を持参するよう求めた。

スポーツ報知の記事を覚えている。

「あなたは持ってこなくてもよかったのに……」

武州山《ぶしゅうやま》関（36）（藤島部屋）は持参した品を突き返された。いつも全身全霊で土俵を務めるあなたが八百長をするはずがないから、と。

一点の曇りなき〝ガチンコ力士〟認定者はほかにもいたが、第1号は武州山関である。あの朝、相撲界はどこまで汚染されているのか、誰を信じていいのか分からない疑心暗鬼のなかで、その記事に心を洗われた大相撲ファンも多くいたはずである。賜杯ならぬ記憶にその名を刻《こく》し、末永く称《たた》えられていい栄誉だろう。

きのうの朝刊が、その人の引退を短く伝えていた。年寄「小野川」を襲名するという。たび重なるけがに泣きながら、32歳で新入幕を果たした遅咲きの苦労人である。幕内在位は11場所、最高位は西前頭3枚目という。

稼いだ勝ち星の数や、浴びた拍手喝采の数だけでは〝重み〟を量れない勲章が、男の人生にはある。

（2013・1・29）

浅田真央

「キス&クライ」とは誰の命名だろう。フィギュアスケートのリンク脇、選手とコーチが採点の発表を待つ場所をいう。歓喜のキスと、嗚咽《おえつ》（クライ）の交差点である。「キス」だけの人生はこの世にないとはいえ、まだ少女の面影を残す人の「クライ」を聴くのは、やはりつらいものである。

バンクーバー冬季五輪の女子フィギュアで浅田真央選手（19）が堂々の銀メダルに輝いた。それでも、息をのむほど完璧《かんぺき》な演技を見せた韓国の金妍児《キムヨナ》選手（19）に敗れたことがよほど悔しかったのだろう。

思い出した歌がある。

〈はたちの日よきライバルを君に得て自ら当てし鞭《むち》いたかりき〉

詩人、堀口大學が西条八十の霊前に捧《ささ》げた一首という。「十九の日」ならば、氷上の二人だろう。自分の演技に納得していない――浅田選手は涙で途切れとぎれに語り、自責の痛い鞭をわが身に当てた。金選手もまた、好敵手の顔を脳裏に浮かべて猛練習を積んだだろうことを思うとき、金銀のメダルはともに両者の美しい共作と言えなくもない。

あなたには、今日の「クライ」を明日の「キス」に変えられる若さがある。時間がある。


（２０１０・２・27）

与那嶺要

好投していた松本幸行投手が一球の失投で逆転を喫し、中日が負けた。今晩は寝ずに、自分のピッチングを考えろ——与那嶺要監督はロッカールームで松本投手を怒鳴《どな》ろうと思った。

ハワイ出身、日系2世の与那嶺監督の日本語はあまり流暢《りゅうちょう》ではない。

「松本、今晩は（絶句）」

その場の誰もが敗戦投手に挨拶《あいさつ》する監督を不思議がったと、近藤唯之さんの『プロ野球監督列伝』（新潮文庫）にある。

怒気は普通、顔に表れる。生涯変わることのなかった温顔が浮かんでくる挿話である。巨人に入団し、米国仕込みの激しい走塁などで「日本野球を変えた男」、与那嶺さんが85歳で亡くなった。

「むずかしい日本の字をおぼえる時間だけ、野球理論と実技を勉強したのネ」

近藤さんにそう語ったという。巨人時代の１イニング３盗塁の記録も、３度の首位打者も、中日の監督として巨人の10連覇を阻止した名采配も、日常生活の利便を犠牲にして咲かせた花であったろう。

与那嶺さんを「イチロー以前のイチロー」と呼んでも、イチロー選手を「与那嶺以後の与那嶺」と呼んでも、きっと、お二人とも怒りはしまい。

（2011・3・3）

朝青龍

横綱玉の海が秋田市で虫垂炎を患い、巡業の途中で帰京したのは1971年（昭和46年）の8月である。横綱北の富士率いる別の班は北海道巡業を終えていた。知らせを聞くや、北の富士は代役を務めるべく東北に旅立っている。あわてて綱を忘れた。現地には不知火型の玉の海が用いた綱しかない。本来は雲竜型の人が不知火型で土俵入りをした逸話が残る。

「横綱のいない巡業は主役不在の芝居だ」

いまは相撲解説者、北の富士勝昭さんは自伝で回想している。だから自分が務めた、と。横綱が背負った荷の重さが伝わってくる。

体の故障で夏巡業の休場を申し出ながら母国モンゴルでサッカーをしていた横綱朝青龍が、日本相撲協会から９月と11月、２場所の出場停止処分を受けた。荷を放り捨てた横綱には当然の報いだろう。

思い浮かべた言葉がある。米大リーグで通算４２５６安打の大記録をもつピート・ローズ選手が野球賭博《とばく》の疑いで永久追放処分を受けたとき、コミッショナーのジアマッティ氏は語った。「野球よりも大きな人間は一人もいない」と。

優勝21回、一人横綱として国技館の屋台骨を支えてきた朝青龍には、「自分あっての相撲界」という意識があっただろう。勘違いしてはいけない。何十回、何百回優勝しようとも、相撲よりも大きな人間は一人もいない。

（２００７・８・３）

ハルウララ

武者小路実篤は毎日のように書を書き、絵を描いたが、ついに上達しなかった。山口瞳さんは実篤の書画の腕前をそう述べて、だから好きだと書いている。

〈私にとって「勉強すれば上達する」ということよりも、「いくら勉強しても上手にならない人もいる」ということのほうが、遥《はる》かに勇気をあたえてくれる〉と（新潮文庫『木槿《むくげ》の花』）。

デビュー以来、一勝もできずに負け続けている高知競馬の八歳牝馬《ひんば》ハルウララにはどこか、その書画を思わせるところがある。敗れても敗れても懸命に走る姿は、実篤が好んで描いたカボチャやジャガイモの絵のように愚直で温かい。

努力が報われるとは限らないさ。苦い経験が実を結ばず、苦いままのこともあってね。慰めていると、いつしか、わが身に語りかけているような気にならないでもない。

きのうは中央競馬の天才騎手、武豊さんが騎乗したが、10着に終わり、連敗の記録は「１０６」となった。夢と消えた初勝利に嘆息を漏らしつつ、いつものハルウララとしてともかくも無事走り終えたことに、ほっとしているファンもあるだろう。

若き日のノートに「デッサンは実にへたなり。勉強するつもり」と自作評を記した実篤は、晩年の色紙に書いている。

〈桃栗《くり》三年柿八年　だるまは九年　俺《おれ》は一生〉

ハルウララ、明日《あした》がある。


（２００４・３・23）

稲尾和久

打席に巨人の国松彰選手が入る。西鉄の稲尾和久投手は投球動作に移りかけて、おや、と思った。日比野武捕手が立ったままでいる。なぜ、座らないのだろう……。捕手が稲尾投手の足もとを指さした。握っていたはずの白球が地面に落ちていた。握る力も、落としたと気づく感覚も指に残っていなかったと、回想録『鉄腕一代』にある。

1958年（昭和33年）の日本シリーズ第7戦、8回裏のことという。3連敗の西鉄を自身の4連投4連勝で逆転優勝に導き、「神様、仏様、稲尾様」は不朽の称号となる。

稲尾さんが亡くなった。シーズン20連勝。年間42勝。西鉄ライオンズの黄金期をその鉄腕で支えた、日本プロ野球の恩人のひとりである。まだ70歳、人々の瞼《まぶた》の裏に消え去るには早すぎる旅立ちを悼む。

名物審判、二出川延明《にでがわのぶあき》氏との逸話も忘れがたい。ある試合で、ふざけてかバットを上下逆に構えた打者に対し、稲尾さんは真ん真ん中に投げた。判定はボール。その場は捕手になだめられたが、試合後、審判室に出向いて抗議した。

二出川球審は言ったという。

「君は新入り投手だな。教えてやろう。プロの投手にとってド真ん中は常にボールなんだ」

理屈のむちゃは承知で後進を鍛える人がいて、体のむちゃは承知で投げつづける人がいて、遠いおとぎ話を聴く心地がする。

（２００７・11・14）

把瑠都

俗に「男は度胸、女は愛嬌《あいきょう》」と言うが、男も愛嬌があるに越したことはない。「可愛気《かわいげ》」にまさる長所はない、と述べたのは評論家の谷沢永一さんである。〈才能も智恵も努力も業績も身持ちも忠誠も、すべてを引っくるめたところで、ただ可愛気があるという奴《やつ》には叶《かな》わない〉と（新潮社『人間通』より）。大相撲の元大関、エストニア出身の把瑠都関（28）がそうだろう。

勝ち相撲のあと、カブトムシを捕まえた少年のような笑顔で花道を引き揚げてくる。ひいきの力士が負かされても憎めない。早くに父親を亡くし、女手ひとつで育てられたと聞いて、里親になったような心持ちで土俵を見守ってきたファンもいたはずである。

膝の古傷が完治せず、十両陥落を潮《しお》に引退するという。相手の頭越しにまわしを取り、自分の後ろへうっちゃりのように投げ捨てる。あの「波離間《はりま》投げ」を披露する怪力のお相撲さんはこの先、そうは現れないだろう。

〈蒼天《そうてん》に髻《もとどり》とけし相撲かな〉（原石鼎《せきてい》）

さみしいが、仕方がない。これまで遠くから無事を祈ってきただろう故郷のご母堂に、〝笑顔千両〟の息子さんをお返しする。

（２０１３・９・12）

田中将大

作曲家の中村八大さんは22歳のとき、日記帳に6か条の「誓約文」を書いた。その第5条にある。

〈中村八大は誰よりも苦しく、誰よりも幸せでなければならない〉

佐藤剛さんの『上を向いて歩こう』（岩波書店）に教えられた。

「幸」が「苦」と並んでいるところがいい。子宝に恵まれた人は、親ならではの苦労を背負う。会社で昇進した人には、それだけ重い責任がのしかかる。幸せには、もれなく同量の苦しみがついてくるのかも知れない。

東北楽天の田中将大投手（25）が米大リーグの名門球団ヤンキースに移籍する。「あいつにしてはマシなほうだ」と期待値の低さを頼りに会社勤めをしてきた身には、7年間で161億円分の期待は見当もつかない。何光年も離れた境遇ながら、幸せと同量の重圧に眠れぬ夜もあろうかと拝察する。

永六輔さんが作詞し、八大さんが曲をつけた『上を向いて歩こう』には、〈思い出す春の日――夏の日――秋の日〉が歌われている。震災の春。甲子園の夏。日本一の秋。つらい時は、記憶のなかに里帰りしてみるのもいい。目標は「世界一」と語った人よ、上を向いて歩こう。

（2014・1・24）

第3章

心凍らせて

――事件の記憶――

いじめ

谷川俊太郎さんに「成人の日に」と題された詩がある。

〈成人とは人に成ること　もしそうなら／私たちはみな日々成人の日を生きている〉

中学生や高校生も毎日が成人の日だろう。

大人になるための条件を挙げて、詩はつづく。〈他人のうちに自分と同じ美しさをみとめ／自分のうちに他人と同じ醜さをみとめ……〉と、その一節にある。

他人のうちにある美しさをみとめようとしない、人に成れない子供たちの群れて遊ぶ場所がインターネット上にはあるらしい。「学校裏サイト」という。中学や高校の公式ホームページとは別に、在校生や卒業生が独自に運営している掲示板を指す。

文部科学省の全国調査で３万８２６０件の裏サイトが確認され、その半数に「キモイ」など、個人を誹謗《ひぼう》する言葉が書き込まれていた。ときに自殺にもつながるいじめの温床といわれる。

ひとの心を傷つけて喜ぶ心さびしき者に聞く耳はなかろうから、中傷された君に言う。蠅《はえ》たちの集まりでは、蝶《ちょう》も「キモイ」と陰口をたたかれるだろう。心ない者たちのうちにも自分と同じ美しさを探しつつ、君はひとり、大人になればいい。

（２００８・４・17）

拉致

長屋の八五郎が大家のもとを訪ねて言う。

〈うちの婆《ばば》アがね、「大家さんとこへ急いで行け」ってんで……なんでがす?〉

落語の『妾馬《めかうま》』である。「婆ア」とは、自分の母親を指す。

文部科学省から表彰されるような言葉遣いではないし、もとより広めようという魂胆もないが、「うちの婆ア」と呼ぶことができた八五郎の幸せを今はかみしめている。

飯塚耕一郎さん(32)はきのうの韓国釜山《プサン》市での記者会見で、生き別れの母を「田口八重子さん」と呼んだ。1歳で北朝鮮に母(当時22歳)を拉致され、その面影も声も知らない子は世間並みに「うちの母」とも「おふくろ」とも呼べぬまま、〝さん〟付けになったのだろう。これほど哀《かな》しく、せつない呼び方を知らない。むごい国である。

拉致されてからの八重子さんを知る金賢姫元死刑囚（47）は耕一郎さんと面会し、「お母さんは生きています」と励ました。家族が胸にともした希望の灯を一人でも多くの国民が分かち合い、北朝鮮の重い扉を叩《たた》いていくしかない。

53歳になった母に、「八重子さん」ではなく「おかあさん」と呼ばれる日が必ず来ると信じている。

（2009・3・12）

脱線

暗い夜道、すれ違った人の携帯電話が鳴る。着信を知らせる青い光が明滅している。傍らを流れて過ぎる光の瞬きを眺めて、ふと、蛍のようだなと思うときがある。

和泉式部に蛍の歌がある。

〈物思へば沢の蛍もわが身よりあくがれいづる魂《たま》かとぞ見る〉

物思いにふけっていると、目の前を飛ぶ沢辺の蛍も私の身体から抜け出ていった魂のように思える、と。

古代日本では言葉に神秘的な霊力が宿ると信じられ、それを言霊と呼んだ。言葉を伝える文明の利器である携帯電話に、昔の人が「あくがれいづる魂」に例えた蛍の瞬く光景は、それなりにつじつまが合っているのかも知れない。

記事の切り抜きを取り出しては読み返している。ＪＲ福知山線の脱線事故で、無残につぶれた車両のドアを切断して救助隊員が車内に入った時、折り重なる遺体の傍らには携帯電話が散乱していたという。

あちこちで光がともり、呼び出し音が鳴る。切れても、すぐにまた鳴り出す。着信表示に「自宅」の文字が浮かんでいるものもあった。肉親を捜し求め、一刻も早く無事の声を聞きたい家族からの電話である。

お願いだから電話に出て。声を聞かせて。祈りつつ受話器に耳を押しつけた家族の魂は、身を離れ、人の声が絶えた車内をさまよっただろう。蛍の明滅を眼裏《まなうら》に映し、こうべを垂れる。

（２００５・４・30）

反日デモ

深海魚の体は大きな圧力に耐えられるようにできている。いきなり海面に引き上げられると水圧から解放され、内臓が口から出たり、眼球が飛び出したり、悲惨なことになるという（倉嶋厚『季節おもしろ事典』、東京堂出版）。

相手が魚でも気味が悪いが、海を隔てた隣人となればなおさらである。途上国から海面に急浮上した中国という深海魚の体内からは、「貧富の格差」などさまざまな矛盾が飛び出そうとしている。

苦痛の悲鳴が政治体制に向かわないよう、中国政府は「日本憎し」の反日教育によって国民の目をそらしてきた。反日デモの乱暴狼藉《ろうぜき》を黙認したのも、さして驚くにはあたらない。

日本人はどこぞの国とは違って、サッカーの試合でよその国の国歌を侮辱するようなまねはしない。国旗を燃やさない。大使館にも石を投げない。領海侵犯はしない。

過去の歴史を日本人が真剣に学んできた証しでもある。歴史に学ぶとはそういうことであって、「歴史の奴隷」として中国人の前で際限もなく頭を垂れつづけることとは別だろう。

差しあたり日本の側に、悔い改めるべき非は見あたらない。〝官製〟暴徒の取り締まりを官に促すのは少々むなしいが、再発防止を中国政府に厳しく求め、あとは深海魚の生態をじっと観察しているしか手はあるまい。静かに、冷たく。

（２００５・４・12）

偽装

記事の中身が中身だから、そんなふうにも見えたのだろう。「ハム」という言葉を眺めているうち、「公」の字が横一文字に両断されているような無残な心持ちになった。

その頭に「日本」とあるから、なおいけない。私利を追うことにのみ気をとられ、公の意識が間延びした企業社会を象徴しているような。食肉加工の国内最大手、日本ハム（本社・大阪）で牛肉の偽装工作が明るみに出た。

国の買い上げ事業を悪用し、輸入肉を国産と偽って買い上げを申請していた。問題の肉は先月、あわただしく申請を取り下げて焼却処分されている。農水省の検査で偽装がばれるのを恐れての隠蔽《いんぺい》工作だとすれば、悪質というほかはない。

同じような偽装をした雪印食品はこの四月末、会社解散の憂き目を見ている。消費者を裏切ることの代償を知りながら、つい最近まで「偽装はない」と言い繕ってきた神経はどういうものだろう。

「牛に説法」「牛に琴を弾《だん》ず」――人の意見に対する感度の鈍さを笑った気の毒なことわざが、牛にはたくさんある。消費者の声に聞く耳を持たない食肉業界の人は、牛を笑えまい。

肉片を押しつけて固めたハムを「プレスハム」という。社会あっての会社だということを忘れて間延びした「ハム」の一字も、事件の徹底解明を通じてプレスしなおすしかない。

（２００２・８・８）

オウム真理教

「師」と「士」は、どう違うか。数学者の森毅さんが珍妙な説を紹介している。
「だまされたい人間をだますのが『師』で、だまされたくない人間までだますのが『士』だと……」（講談社学術文庫『魔術から数学へ』）
世間には「師」や「士」のつく立派な職業がたくさんある。「だます、とは何だ」と、気分を害された方もおられよう。ごめんなさい。
いまもひそかに、その人を「尊師」と仰ぎ、寝起きする拘置所を〝聖地〟と崇《あが》める信者がいるという。心に弱さを宿し、得体《えたい》の知れない権威に「だまされたい」人々を指図して、尊師は信じられない凶悪な犯罪を重ねたのだろう。

殺人罪などに問われたオウム真理教の麻原彰晃こと松本智津夫被告（48）に検察側はきのう、死刑を求刑した。初公判から七年の歳月が流れている。

警察官が証人として出廷した時のこと。弁護側は、現場検証の朝、何時に起きたかを尋ねている。被告人には正当な防御権があり、慎重な審理は当然としても、起床時間が現場検証の中身に関係するとも思えない。七年かかる道理である。

「師」の卑劣な言い逃れや引き延ばしに「だまされてたまるか」と、国民の目は法廷を見つめてきた。弁護にあたった「士」の方々に、その心が届いたかどうかは疑わしい。冒頭の珍説を思い浮かべたゆえんである。

（2003・4・25）

自殺

伊東柚月さんという方の詠んだ五行歌を頭でなぞっている。

〈いっそ／大きく凹《へこ》もう／いつか／多くを満たす／器になるのだ〉

草壁焔《えん》太《た》編「五行歌秀歌集1」（市井社）に収められた一首である。器を満たすものは涙かも知れない。涙の容器になることなど誰しも望みはしないが、凹みを知らない人間に比べてどれほど魅力的か。

一片の詩句を知ることで、気の持ちようで、死を決意させるほどの苦しみが薄らぐとは思わない。自分を励ますことに疲れ、いまこの瞬間にも力尽きそうな子供たちのひと粒の糧になればと、藁《わら》にもすがりつく心境でここに引いた。

人を自殺に追いやるほどのいじめは、ほとんど犯罪である。告発するのは少しも恥ずかしいことではない。凹みも深ければ器が割れる。割れる前に、涙の湖を語ってほしい。

もう1本の藁にすがる。

〈いじめっこが／いじめられっ子に／ひらあやまり／三十年ぶりの／同窓会〉（清美）

昔よりも陰湿で残忍ないまのいじめにはそのまま通用しないとしても、「歳月」がいかなる魔法を演じるかは生きつづけてみなければ分からない。

30年とは言わず、3年、いや1年、心の凹みを打ち明け、声を発して生きてごらんなさい。あの時、死ななくてよかったと思う瞬間が必ず訪れる。約束しよう。だからいま、死んではいけない。

（2006・11・14）

テロリズム

人は肉に舌鼓を打ちながら、動物を自らの手で傷つけることを恐れている。見ようでは残酷でもある闘牛のなかに、人間の偽善と身勝手を暴露する儀式を見たのはスペインの哲学者、オルテガ・イ・ガセットである。

おいしいものを作り出す労苦は他人にゆだね、自分は賞味する人、動物をかわいがる心優しき者でいたい。うわべを取り繕ったきれい事の日常を、闘牛が暴くのだという。

「肉」を「平和」に置き換えれば、去来するものはほろ苦い。放置すればテロリストの基地になるイラクの復興を巡って国内からは、「米国に任せて深入りするな」という声も聞かれる。労苦は人の手に、平和の美味はわが口に――そう語るのと大差はあるまい。

イラク中部のティクリートで、日本人外交官二人が襲撃され、殺害された。同地で開かれる復興支援会議に出席するところを狙われたという。

在英大使館の奥克彦参事官。在イラク大使館の井ノ上正盛三等書記官。平和の美味をイラク人の、そして日本人の口へ運ぶために尊い命を落とした両氏の名を、胸に刻みたい。

危険な場所の復興支援だから、相応の装備を整えて自衛隊が手伝うのである。そら見たことか、危ないイラクからは距離を置くがいいと「賞味するだけの人」は言うだろう。眠れる二人には手向けたくない言葉である。

（2003・12・1）

八つ墓村

生まれ育った土地を離れて暮らし、再び故郷の土を踏んだ経験のある人はうなずくだろう。〽忘れたふりを装いながらも／靴をぬぐ場所があけてある　ふるさと……。中島みゆきさんの歌った『異国』にある。

その人物にもかつては、〈靴をぬぐ場所〉があったようである。山口県周南市金峰《みたけ》の民家4軒から男女計5人の遺体が見つかった殺人・放火事件で、同じ集落に住む保《ほ》見光成《みこうせい》容疑者（63）が殺人などの疑いで逮捕された。

10年前、過疎に負けずに生きる金峰地区の人々を取材した『続・さくら色の夢』と題する記事を本紙の西部版で連載したことがある。工務店の仕事をやめて川崎市からUターンした保見容疑者も、実名で登場している。

老母の介護でおしめを換え、たんを取っていた評判の孝行息子はいつしか、奇矯な言動で近隣住民とトラブルの絶えない問題多き人物になっていたらしい。

歌詞にある〈靴をぬぐ場所〉は、集落の人々が寄り合って語らう囲炉裏わきの土間であったはずである。近くの山中で警察に身柄を拘束されたとき、保見容疑者は裸足《はだし》であったという。靴をどこで脱ぎ間違えたのだろう。

（2013・7・27）

連合赤軍

問い——以下の行動に共通する言葉を一語で述べよ。①たくさん食べた②美容院で髪をカットした③パンタロンをはいて、おしゃれをした④こっそり銭湯に出かけた⑤寝そべったまま、「ちり紙を取ってくれ」と言った。

答えは「死」である。連合赤軍が群馬・榛名山の山岳アジトで犯した大量リンチ殺人ほど、いまもって訳のわからないものはない。もう39年前の冬になる。

愚にもつかない理由で〝総括〟と称してつるし上げ、寄ってたかって凄惨《せいさん》な暴行を加え、12人の仲間を殺す。ただでさえ少ない同志の半数を殺して何の革命か、正気の沙汰ではない。

連合赤軍の元最高幹部で主犯の永田洋子《ひろこ》死刑囚が東京拘置所で死亡した。65歳、病死という。元幹部の一人、坂口弘死刑囚の歌にある。

〈刺さざりし奴《やつ》が居《お》りぬと叫ぶ声吾《われ》のことかと立ち竦《すく》みおり〉（朝日新聞社刊『坂口弘歌稿』より）

山岳アジトはこの世の地獄であったろう。

死後の世界があるならば、虐殺された男女12人はいまも20代の若い姿でいるはずである。再会したかつての仲間たちに、永田死刑囚はあの冬を何と言って〝総括〟するのだろう。

（２０１１・２・８）

御巣鷹

文字を並べ、言葉をつらね、文章にするのが商売の身ながら、何も書きたくないときがある。

筆跡はどれも乱れている。松本圭市さん（29）は2歳の長男に〈しっかり生きろ／哲也／立派になれ〉と書いた。河口博次さん（52）は妻に、〈ママ／こんな事になるとは残念だ／子供達の事をよろしくたのむ／本当に今迄《いままで》は幸せな人生だったと感謝している〉と書いた。

遺書は東京・羽田の日本航空「安全啓発センター」に展示されている。圧力隔壁の破損で管制不能になった羽田発大阪行き日航123便が群馬・御巣鷹の尾根に墜落するまでの32分間に書かれたものである。520人が犠牲になった事故からまもなく25年になる。

客室乗務員のメモもある。

〈ハイヒールを脱いで下さい／おちついて下さい／身のまわりの用意をして下さい〉

不時着する場合に備え、機内放送の要点を書き留めたらしい。死の恐怖が充満した機内で、父親は最後まで父親たろうとし、乗務員は最後まで乗務員たろうとした。

目にした文章の、言葉の、文字の重さに引き比べ、おのが文章の空疎に嫌気が差し、何も書きたくないときがある。

（2010・8・10）

白魔

歌の作者は「遣唐使随員の母」としか伝わっていない。

〈旅人の宿りせむ野に霜降らば吾《わ》が子はぐくめ天《あめ》の鶴群《たづむら》〉（万葉集巻九）

鶴よ、私の子が凍えぬように、翼で包んでおくれ。

ほかの鳥にも温かい羽はあるが、ここはやはり鶴だろう。霜のおりる寒い夜、鶴は自分の翼で子を覆って守るといわれ、〈焼け野の雉《きぎす》、夜の鶴〉という言葉もあるように、子に寄せる情愛の深い鳥として知られている。

わが子の命を救うためならば、翼はなくとも人は〝鶴〟になる。北海道湧別町の漁師、岡田幹男さん（53）は激しい吹雪のなかで長女の小学3年生、夏音《なつね》さん（9）をかばい、覆うように抱いて一夜を過ごした。娘は助かり、父親は死亡した。

幹男さんは一昨年に妻を亡くし、夏音さんと二人暮らしだった。一人娘のためにひな祭りのケーキを予約し、一緒に祝うのを楽しみにしていたという。「吾が子はぐくめ天の鶴群」は今、両親を亡くした娘を遠く見守る父親の切なる祈りでもあろう。

父親の情愛を抱きしめるたび、白い一夜の記憶も一緒によみがえるはずである。少女の小さな胸には重たかろうよ。冷たかろうよ。

（２０１３・３・５）

第4章

人生いろいろ

―喜怒哀楽の万華鏡―

KY

昔の人はしばしば、「無駄口ことば」を用いた。良かれと思って尽力したのに逆にとがめられたときは、〈唐傘屋《からかさや》の小僧で骨を折ってしかられた〉と使う。

長所が見つからないときは〈貧乏稲荷で取りえ（鳥居）がない〉。急用ができれば〈曲がった松の木で走らにゃ（柱にゃ）ならねえ〉。簡素な祝い事は〈座敷のちり取りで内輪（団扇《うちわ》）で済ます〉等々がある。

言葉を用いて会話を楽しむことでは同じでも、縮めに縮めて「無駄口ことば」の対極にあるのが、若者を中心に最近よく使われる「KY」（空気読めない）だろう。

その種の略語を収めたミニ辞典も登場する。大修館書店の『KY式日本語』（あす7日出版）には、「CB」（超微妙）、「ND」（人間として、どうよ）、「3M」（マジでもう無理）などが並んでいる。

仲間内と外の間に、そんなに高い言葉の壁を築かずともよかろうにと、思わないでもない。削りすぎて、外とのつながりという大切なものまで言葉から削ってしまいはしないかと、〈猿の小便で、ちと気（木）にかかる〉。

意味がいろいろに取れるのも困りもので、たとえば電車の中で若い女性のグループから、「DOね」とささやく声が聞こえたとする。「ダサいオヤジ」なのか、「ダンディーなおじさま」なのかが分からない……いや、分かる。

（2008・2・6）

早熟

作家の井上ひさしさんは高校時代、自分の未来を時刻表につづったという。〈昭和二十八年四月、東京大学文学部入学〉から始まる。

以下、習作として書いた脚本が木下恵介監督に認められ、映画化される。イタリア留学から戻って映画会社に入社、ただちに監督となる。〈昭和三十六年、若尾文子と結婚。新居を数寄屋橋に構える〉とつづく。

回想の文章によれば時刻表は1行目の進学でつまずき、書き直しを余儀なくされた。

青春とはいつの世も、意気軒高と意気消沈の間で時刻表を書いては消し、消しては書く作業をいうのだろう。

……と思いきや、時刻表を書く青春の入り口に立つや立たずで、ひとつの文芸作品を世に送り出す人も広い世間にはいるらしい。今年の「文芸賞」の受賞者は15歳の女子中学生という。

創作集『花ざかりの森』を19歳で刊行した三島由紀夫のような早咲きの名花もあり、42歳の時に『西郷札』で世に出た松本清張のような遅咲きの大輪もある。要はすべて作品次第とはいえ、15歳の作家登場には少々驚いた。

ただでさえ悩みの多い年ごろに、表現する苦しみまで背負うとすれば胸に一抹の痛みを覚えぬでもないが、若い才能にはお節介であろう。次の到着駅に急ぐもよし。途中下車して知らない町を歩くもよし。先の長い旅、余白の多い時刻表である。

（２００５・９・７）

おとうちゃん

本紙家庭欄でおなじみの「こどもの詩」(東京管内)は息の長い連載で二十余年になる。名作を挙げればきりがないが、栃木県の小学1年生の作『おとうちゃん大好き』は白眉《はくび》の一編かも知れない。

〈おとうちゃんは　カッコイイなぁ　ぼく　おとうちゃんに　にてるよね　大きくなると　もっとにてくる?　ぼくも　おとうちゃんみたいに　はげるといいなぁ〉(1987年6月掲載)……。

病気、けが、いたずら三昧《ざんまい》、そして反抗期。子育てに気苦労は尽きない。積もり積もったつらさ、苦しさが、ふっと消えていく瞬間があるとすれば、子供の飾らない言葉が胸に触れた時だろう。

日本ＰＴＡ全国協議会が「たのしい子育て」のキャンペーンを始めて三年になる。家庭を題材にした詩と写真の今年の入選作が決まった。各賞の作品は、この新聞を何枚かめくっていただくとご覧になれるので、佳作から一つ紹介しよう。

〈つかれた顔したっていいんだよ　私の前で／夜働いているのだってお父さんがいないことだって／私は気にしてないよ、お母さん〉（福岡県の小学六年生・江口舞さん）

『おとうちゃん大好き』の詩を書いた小学1年の男の子もいまは20歳を過ぎて、たくましい青年に成長していることだろう。大好きな「おとうちゃん」に、ますます似てきたかしら。

（２００２・11・22）

涙

女優の吉永小百合さんはある対談で、「どんなときに、もう若くないという感じを抱きましたか」という質問を受けて、答えたという。「涙が真っすぐに流れないで、横に走ったときです」と。

歌人の河野裕子さんが『横に走る涙』と題するエッセーに、〈女優でなければできない表現だろう〉と書いている（砂子屋書房、『河野裕子歌集』所収）。

当方は女性ではないが、この答えにはうなずく。いつ頃からだろう。顔の造形上の変化なのか何なのか、言われてみると、読書やスポーツ観戦の折々に催す涙は確かに横に走っている。

マウスのオスは涙でメスを口説くらしい。オスの涙腺から分泌される「ＥＳＰ１」という物質がメスの脳を刺激して交尾を促進することが、東原和成・東京大学教授（応用生命化学）などの研究で明らかになった。オスが仕掛けても10回に９回は断るメスが、この物質を与えると２回に１回は受け入れたという。

「横に走る涙でも、まだ使えるかしら？」と身を乗り出したあなた、残念でした。人間にはＥＳＰ１の遺伝子がないので、縦でも横でも〝泣き損〟という。念のため。

（２０１０・７・３）

音楽

オペラの愛好家でない人が考えついたのだろう。『英和笑辞典』（郡司利男編訳、研究社）は【ｏｐｅｒａ】を定義して言う。

〈男が背中を刺されると、血を流すかわりに歌う芝居〉

ミもフタもないが、なるほどと思わぬでもない。

けがをしても、悲しみに打ちひしがれても、音吐朗々と歌い上げるのがオペラの魅力である。「音楽療法」はよく知られているが、オペラからあふれる生命力は人の心身のみならず、マウスの寿命をも潤すものらしい。

帝京大医学部・新見正則准教授の研究チームによれば、心臓移植を受けたマウスにオペラを聴かせると長生きするという。ユーモアあふれる科学研究に贈られるイグ・ノーベル賞（医学賞）に輝いた。

マウスは普通、移植手術から平均7日で死んでしまう。ベルディのオペラ『椿姫』を聴かせると、平均で26日間も生きた。モーツァルトの20日間よりも長い。オペラの効能や、畏《おそ》るべし。

『椿姫』の第一幕で青年アルフレードは歌う。

〈いざ、ほさんかな盃《さかずき》を／儚《はかな》き世《とき》を酔いしれて……〉（乾杯の歌）

粋なマウス君もいたものである。まさか〝酎《チュー》〟とも鳴くまいが。

（2013・9・14）

髪

『赤とんぼ』『ペチカ』の作曲家、山田耕作の名前には、たけかんむりを付けた「耕筰」という表記もある。中年を過ぎて頭部がさびしくなり、名前に「ケ」を足した、という説があるらしい。

ソプラノ歌手、藍川由美さんの『これでいいのか、にっぽんのうた』（文春新書）に教わった。男性にとっても頭髪は大切なもので、気持ちはよく分かる。ましてや若い女性である。芸能界もなかなか厳しい。異性との交際が報道された女性アイドルグループのメンバー（20）が頭を丸刈りにしてファンに謝罪したと、スポーツ各紙が大きく伝えていた。

古典落語『大山詣《まい》り』を例に引くまでもなく、頭を丸めるのはもっとも古風な謝罪の表現である。当節のお嬢さんもお詫《わ》びの作法は伝統を重んじるのか、いままではご縁も関心もなかったグループとの距離がほんの何ミリかではあれ、縮んだ気がする。

刈るだけの分量があっての丸刈りで、謝罪に不向きな頭をもつ身としてはいくらかうらやましく思わぬでもない。名前の一文字一文字にたけかんむりを足してみたが、こんな漢字はないなァ。泣くがいやさに笑うなり。

（２０１３・２・２）

運

世の中には「運」を消費する人がいる。自分では使わずに、貯金する人もいる。作家の故・色川武大《いろかわたけひろ》さんが随筆集『いずれ我が身も』（中公文庫）に書いている。

つまずきも、災難も、運の貯金だと色川さんは言う。親から子に、子から孫に「運」の口座が引き継がれていくうちに、やがて貯金をおろして使う果報者の末裔《まつえい》が現れる。〈わりに合わないけれども、我々は三代か五代後の子孫のためにこつこつと運を貯《た》めこむことになる〉と。

六つの数字を組み合わせる米国の宝くじで、日本円にして531億円を3人で山分けする大当たりが出たという。絵に描いたような運の消費組だろう。

先月のグリーンジャンボのはずれくじが、未練たらしく机の引き出しにしまってある。あぶく銭に運を消費せず、子孫が健康と心の平安に恵まれる未来の運を貯金できたとすれば、紙くずの顔も立とう。宝くじには、はずれる幸せもあるに違いない。

とはいうものの、である。まあ、一生に一度ぐらいは、「ごめん。お父さんは使っちゃったぞ、運を。息子よ、許せ」と、踊りながら詫《わ》びてみたい気持ちもないではないが。

（２０１２・４・３）

奇跡

普段、知ったかぶりをしてあれこれ書き散らしている身から出た錆《さび》で、読者の方からときにむずかしい質問をいただいて頭を悩ます。何日か前のお便りで、「過去から現在に至る人類の総数」を聞かれた。

存じません、では愛想がないので書棚を引っかき回し、アーサー・クラーク著『2001年宇宙の旅』の一節をコピーして返信に添えた。〈時のあけぼの以来、およそ一千億の人間が地球上に足跡を印した〉とある。数字の当否は見当もつかない。

はがきをくださったのは、埼玉県内の若いお母さんである。じきに1歳を迎えるお子さんの寝顔を眺めていて、ふと、「この子の母親になれたのは人類で私ひとり」と気づいたことで兆した問いという。

「一千億人のなかで一番」の幸せをかみしめるのか、育児の疲れを「一千億分の一」という奇跡のような縁《えにし》の糸で癒やすのか、数字の使い道は分からない。

青い鳥の住処《すみか》はチルチルとミチルの物語で知っている。知っていながらついつい忘れ、いつも不機嫌な顔ばかりしている。思い出させてくださって、ありがとう――返信に書き落とした1行をここに書く。

（2009・4・7）

愚問

題名を『命屋《いのちや》』という。

〈「命屋」さんがあればいいね／でも／命を買い替えられたら／みんな　一生けん命／生きないかもね／そしたら／つまらない人生になるね〉

かつて本紙の『こどもの詩』欄に載った一編で、作者は小学3年生の男児である。「人生」や「命」といった大人でもときに持て余す重たいテーマに、こういう洞察のできる年ごろである。その記事を読み返しながら、ため息をひとつ、ついてみる。

「子供が18人います。1日に3人ずつ殺すと、何日で全員を殺せるでしょう?」

愛知県岡崎市の市立小学校で3年生のクラスを担任する男性教諭が、算数の授業でそういう出題をしたという。市の教育委員会は口頭で厳重注意し、担任を外した。児童の興味を引くためにリンゴやミカンとは違う出題をしたらしいが、冒頭の詩と読み比べて、どちらが大人でどちらが子供か分からない。

本紙掲載の詩を、もう一つ引く。題は『右側が見えづらい弟』、障害をもつ弟のことを書いている。その一節。

〈だから私はいつも弟の右側にいる〉

こちらは小学4年生の女児である。

子供をなめてはいけない。

（2010・9・16）

ひとりぼっち

童謡では、優しい犬が迷子の子猫に〈あなたのおうちは　どこですか〉（いぬのおまわりさん）とたずねる。俳句では〈憂きことを海月《くらげ》に語る海鼠《なまこ》哉《かな》〉（召波《しょうは》）と、ナマコがクラゲに身の上を嘆く。

空想の世界では種類の違う動物たちが言葉を交わし、心を通わせることができる。実際にはどうなのだろう。できればいいと、何日か前の新聞から切り抜いた写真を眺めては考えている。

南米ガラパゴス諸島のピンタ島で唯一生き残った雄のゾウガメ「ロンサム・ジョー

ジ」（ひとりぼっちのジョージ）の写真である。ガラパゴス国立公園局が絶滅を防ごうと試みた繁殖が失敗に終わったという。

ガラパゴス諸島には島ごとに種類の異なるゾウガメがいて、ジョージはピンタゾウガメの最後の生き残りである。近縁種の雌と交配して16個の卵が産まれたが、うち13個は無精卵と判明し、期待された最後の３個もこのほど腐敗したことが分かった。

推定年齢80歳、人間ならば50歳ほどという。ひとりぼっちがつづく彼に、せめて空を飛ぶ鳥でも、地をはう虫でも、「憂きこと」を告げることのできる友がいるといい。

（２００９・１・29）

献身

話術家の徳川夢声は「夢《む》諦《てい》軒《けん》」の号で俳句も詠んだ。日記に一句を書き留めている。〈書くといふこと何かヒキョーに似たりけり〉

毎日この小さな欄を埋めていると、ときにその句が脳裏をかすめて筆の滞るときがある。

踏切のそばに設けられた献花台は花束であふれたという。横浜市でＪＲ横浜線の踏切内に倒れている男性（74）を助けようとした村田奈津恵さん（40）が電車にひかれて死亡した事故である。

その勇気に胸を打たれつつも、それでは自分の子供に「同じ場面に遭遇したら、お前も見ならいなさい」そう言えるかと問われれば、恥ずかしながら言えない。

肉親にはさせたくないのに、他人がすれば賛美の言葉をちりばめて文章を飾る。幾分かの〝ヒキョー〟を自覚しながらこれを書いている。自分なら、どうしたか、わが子にはどうしてほしいか、事故を報じる記事から思いをめぐらせた人は多かろう。

いまはただ、尊い死を悼み、気高い心に頭《こうべ》を垂れるばかりである。――と、幕を引くのがコラムの常道だが、それもまたヒキョーの例文に違いない。閉じる幕のない一編になった。ひらにお許しを乞《こ》う。

（2013・10・5）

漢字

「薔薇《ばら》」と漢字で書いて罰せられるならば、罰金を払ってでも書く。そう語ったのは歌人の塚本邦雄さんだった。なるほど花びらの重なりや棘《とげ》までが目に浮かび、「バラ」よりも心になじむようである。

「憂鬱《ゆううつ》」と「ゆううつ」もいくらか感じが違う。小欄では漢字を愛用しているが、書けるかと問われれば薔薇も憂鬱もパソコン任せで自信がない。書き取りが苦手なのは何も子供ばかりとは限るまい。

日本教育技術学会の調査では、小学5年生の書き取りで「支持」の正答率は7・

０％（誤答例＝指持）、「物資」は17・７％（＝物紙）、６年生で「沿線」は15・６％（＝遠線）にとどまったという。

古川柳に「串《くし》といふ字を蒲焼《かばやき》と無筆《むひつ》よみ」とある。無筆とは文字を知らない人のことだが、考えてみれば現代人は老いも若きもワープロ、パソコンという〝筆いらず〟、無筆装置に囲まれて暮らしている。

華麗の「麗」を見れば、王冠のような美しい角の鹿《しか》が脳裏に浮かぶ。轢死《れきし》の「轢」を見れば、どうして悲惨な言葉に「楽」が含まれているのかと疑問が浮かぶ。漢字は面白いものである。小学生諸君、お互いにがんばろう。筆を手に。

……などとつぶやきつつ朝刊に目を通し終えても、電車はまだ会社のある駅に着かない。「遠線」ねえ。いまどきの子はうまい具合に間違うものだな。

（２００７・５・９）

第5章 あんたが大将
―政治家のいる風景―

鳩山由紀夫

小欄にご登場いただくたびにポイントがたまるとすれば、一等賞はこの人だろう。鳩山由紀夫元首相が政界を引退するという。ポイント還元セールではないが、きょうばかりは去りゆく常連さんにペンの切っ先が甘くなるのも仕方がない。

心の優しい人だとは思う。目の前にいる相手をとにかく喜ばせたい一心で、米大統領には「普天間」移設を約束し、沖縄県民には「県外」移設を約束する。どちらにも罪な嘘《うそ》をついた形になり、日米関係はひび割れた。

稀有《けう》の人だとは思う。歴代首相のなかに、似たタイプの人はいない。

首相を辞めたあと、政府の反対を押し切り、百害あって一利なきイラン訪問で不評を買った。「首相」の務まらなかった人はいても、「元首相」まで務まらなかった例をほかに知らない。

鳩山語録から、印象深い言葉を引く。2年前の民主党代表選で、菅直人、小沢一郎両氏の激突を回避するべく〝調整〟に乗りだしたものの、事態を混乱させただけで失敗に終わった。周囲にもらした当惑のひと言。

〈ボクはいったい、何だったんでしょうね〉

回顧録を書かれるときは、タイトルにどうぞ。

（2012・11・22）

ウラジーミル・プーチン

ロシアのメドベージェフ大統領とプーチン首相が連れ立ってスキー場を訪れた。一人の少年がメドベージェフ氏に「大統領はどこ?」と尋ねた。氏は答えた。

「私だよ!」

米誌『ニューズウィーク』日本版が昨年1月に報じたこぼれ話にある。

表向きはメドベージェフ大統領をプーチン首相が下で支えているようでも、本当の最高権力者が誰かは少年でも知っていて、肩書をつい間違えたのだろう。

表向きと内実の〝ねじれ〟は来春には解消されるらしい。プーチン氏が4年ぶりに大統領に復帰し、メドベージェフ氏は首相職にまわるという。

２０００年に初めて大統領となったプーチン氏の統治はすでに11年に及ぶ。名実ともに最高権力者の座に返り咲くプーチン氏が、北方領土問題や資源外交でツァーリ（皇帝）気取りの強権手法に走らないか、日本としても目の離せないところである。

こぼれ話をもう一つ。

「あなたとメドベージェフ大統領が眠っているあいだは、誰が国を動かしているのですか？」

国営テレビの番組で質問され、プーチン首相は答えた。

「私たちは交代で眠る」

火の番じゃあるまいし。

（２０１１・９・28）

小沢一郎

政治家の風貌《ふうぼう》は筆の先にも表れる。参院選の公開討論会で、与野党の7党首が色紙に揮毫《きごう》した。5年前の夏である。

小泉首相は署名に添えて、俵万智さんの歌をもじった一首をしたためた。

〈自民党がいいねと　君が言ったから　二十九日は投票にいこう〉

自由党の党首であった小沢一郎氏はただ4文字を記した。

〈小沢一郎〉

世間という身体のここをくすぐれば相手は身をよじらせる。くすぐりのツボを察知した時、間髪入れずに指を伸ばすのが小泉流ならば、手をポケットにしまって横を向くのが小沢流である。

15年前の自民党総裁選も忘れがたい。宮沢喜一、三塚博、渡辺美智雄の派閥領袖《りょうしゅう》3氏が立候補し、最大派閥の竹下派が誰を支持するかが注目されていた。竹下派の会長代行であった小沢氏は3氏を自分の事務所に呼びつけて〝面接試験〟をした。

呼びつけず、みずから足を運べば世間の心情に沿うことは分かっていただろうに、ここでもあえてツボを外し、「傲慢《ごうまん》だ」との批判に身をさらしている。小泉首相とは違った意味で変人の趣をもつ小沢氏がきのう、民主党の新しい代表に選ばれた。

「劇場型」「反・劇場型」の差はあれ、ともに定形外の腕自慢である。政治家ふたりの論戦を通して政策論議が深まるならば、愚かしい偽造メール騒動が施す唯一の功徳だろう。

（2006・4・8）

ジョージ・W・ブッシュ

ブッシュ大統領が酒場のカウンター席に座った。「ジョニー・ウオーカー、シングル」と、右隣の男がバーテンダーに注文した。左隣の男は「ジャック・ダニエル、シングル」と注文した。

「お客さまは？」と聞かれて大統領は答えた。

「ジョージ・W・ブッシュ、既婚」

早坂隆氏の近著『世界反米ジョーク集』（中公ラクレ）の一節である。大統領はいま、ジョークの世界の主人公だという。

〈大統領は神童だった。十歳にして現在と同じだけの知性を有していたのだから〉というのもある。ちょっと抜けた感じで憎めない人柄に、イラク統治で手こずっていることも重なり、笑いのめすには格好の存在かも知れない。

「抜けた感じ」は時に危なげな独走を、時に果敢な行動を生む。大量破壊兵器で空振りし、フセイン体制という世界の脅威を取り除くことで安打を放ったイラク戦争は、二色の織りなす斑《まだら》模様であったろう。

20日には大統領就任式が行われ、ブッシュ政権は2期目に入る。イラクの民主化もテロリストとの戦いも、よその国との協調なしに独力で前に進めるのは容易でない。

ジョーク集からもうひとつ。

(問い）神様とアメリカ人の違いは？

(答え）神様は自分のことをアメリカ人だと思ったことはない。

果敢に加えて、謙虚の二文字が問われる2期目である。

（2005・1・19）

松本龍

詩人の薄田泣菫《すすきだきゅうきん》はフランスの新聞を読んでいて、ある求人広告に目を留めた。飼っているオウムの発音が悪いのでフランス語の家庭教師をつけたいという。

オウムの話す言葉ひとつをもおろそかにしないお国柄に感心し、泣菫は随筆に書いている。岩波文庫『茶話』より。〈多くの代議士に狗《いぬ》のような日本語で喋舌《しゃべ》らしておいて、黙ってそれを聴く事の出来る日本人の無神経さがつくづくいやになる〉と。

いまではもう、イヌのような言葉遣いの政治家はいない——と思いきや、永田町とは広いものである。松本龍復興相には、オウム並みに家庭教師が要るかも知れない。

「知恵を出さないヤツは助けない」（岩手県庁で達増拓也知事に）
「九州の人間だから、（被災地の）何市がどこの県とか分からん」（同）
「お客さんが来るときは自分が（まず部屋に）入ってから（客を）呼べ」（宮城県庁で村井嘉浩知事に）

さぞかし心のこもった復興支援を講じてくれることだろう。

と、ここまで書いて反省が胸をよぎる。たとえ比喩にしても「イヌのような」は礼を失していよう。世のイヌ諸君、ごめんなさい。

（2011・7・5）

浜田幸一

脚本家の向田邦子さんはある対談で語っている。紙幣や切手の肖像になる人はドラマに書かない、と。

〈つまり、偉い人っていうことですけどね〉（講談社『常盤新平インタビュー集　高説低聴』より）

向田さん好みと言えるのかどうか、抜群の知名度をもって赤絨毯《あかじゅうたん》の上に四半世紀を過ごしながら、〝偉い人〟にまつり上げられる心配のまったくなかった人である。「国会の暴れん坊」や「ハマコー」の異名を取った浜田幸一さんが83歳で死去した。

賭博に暴言、金権疑惑と、引き起こしたトラブルは十指に余る。生前本紙に載った最後の記事は1年ほど前、背任罪に問われた事件の初公判で、「浜田被告」とある。〝ブレない〟という表現は適切でないとしても首尾一貫した人生ではあろう。ひっきりなしに騒動の種をまき散らしながら、独特の愛嬌《あいきょう》と浪花節の男っぽさが親しまれもした。２人いれば迷惑だし、５人いたら組織がもたないが、１人もいないとそれはそれでさびしい。そういうタイプの人がいる。浜田さんがそうだったろう。

紙幣や切手はともかくも、人々の記憶には肖像の残る政治家である。

（２０１２・８・７）

李明博

自尊心を「種《しゅ》の永続の道具」にたとえたのは、フランスの思想家ボルテールである。〈それは必要であり、われわれにとって貴重であり、われわれに楽しみを与えてくれる。しかしそれは秘めておかねばならないものである〉と（法政大学出版局『哲学辞典』より）。

種の永続の道具——ずいぶん遠回しの言い方だが、たしかにあからさまには口にしにくい。人間は皆、その道具を秘めておくために下着を身につけている。

高飛車に出て自国民の自尊心をくすぐる狙いとしても、礼儀のかけらもない発言は常軌を逸している。

「(天皇陛下は) 心から謝罪するつもりなら韓国に来てもいい。〝痛惜の念〟などという言葉を携えてくるだけなら来るな」

竹島 (島根県) への上陸を強行した韓国の李明博《イミョンバク》大統領が今度はそういう趣旨の発言をした。道で変な人に立ちふさがられたようで、目のやり場に困る。

容易には治癒しない傷を日韓関係に負わせてまで政権の人気を回復させたいのかと、憤りを通り越して憐《あわ》れである。韓国の政界にも常識の通じる人はいるだろう。どうか大統領にパンツをはかせてやってください。

(2012・8・16)

麻生太郎

「新語は毎日3語ずつ発生している」と述べたのは国語学者の見坊豪紀《けんぼうひでとし》さんである。国語辞典を編纂《へんさん》するために長年、見慣れない、聞き慣れない言葉を収集・分類してきた経験から割り出したという。

日々生まれる3語の多くははかなく消えていくのだろうが、世に知られる幸運な言葉もある。『明鏡国語辞典』の版元である大修館書店が全国の中高生から日常の若者言葉を募った第3回「みんなで作ろう国語辞典！」の優秀作品一覧を眺めている。

【乙男】（おとメン＝乙女心をもっている男のこと）、【指恋】（ゆびこい＝好きな人と携帯でメールをすること）といった具合である。

【チェンソー】とはどんなノコギリかしら、と思えばそうではなくて、「総理大臣がかわること。チェンジ総理の略」という。「福田から麻生に――した」などと用いるらしい。伐採された木の倒れる音を空耳に聴かせて、よくできた言葉ではある。

求心力が衰えて予算編成の司令塔にもなれず、支持率も低迷する首相のこと、若い人の新語辞書にこの一語を見つけたら憂鬱《ゆううつ》になるだろう。国語辞典の愛用者でないのは幸いである。

（２００８・12・５）

ゴードン・ブラウン

もてる男の十か条が落語『いもりの黒焼』に出てくる。

〈一見栄《いちみえ》、二男《におとこ》、三金《さんかね》、四芸《しげい》、五精《ごせい》、六おぼこ、七ゼリフ、八力《やぢから》、九肝《きゅうきも》、十評判《とひょうばん》〉

このうちひとつでもあれば、何とかなるらしい。

「見栄」は身なり、「男」は顔かたち、「精」は勤勉、「おぼこ」は純情、「肝」は度胸、「評判」は人望であるという。なるほど、身なりが真っ先にくるのね——と、ブラウンさんの溜《た》め息が聞こえてきそうである。

男性向け総合誌『GQ』英国版が、今年の「最もダサい男性」に英国のブラウン首相を選んだ。北朝鮮の金正日総書記（8位）も寄せつけぬ首位で、ネクタイの趣味が決め手になったという。

写真を見る限りはそうひどいとも思えないが、服装に一分のすきもない紳士の本場で、比較対象の水準が高いのはお気の毒である。さて、日本のあの人、この人のモテ具合はどうだろう。

ママから12億円の小遣いをもらって気づかない首相がいて、土地の購入に出所不明の4億円をポンと差し出す与党幹事長がいる。〝一見栄〟や〝二男〟はともかくも、〝三金〟だけは立派な色男コンビだろう。「立派な」は取り消す。

（2010・1・6）

野田佳彦

何年か前の「読売歌壇」で読んだ歌がある。定年の感慨が詠まれている。

〈完封の投手の上げる雄叫《おたけ》びのなきまま長き勤め終りぬ〉（清水矢一）

そう、勤め人のフィナーレに雄叫びはあまり似合わない。

首相の場合はどうだろう。自分なりに満足のいく仕事ができた人ならば身体が勝手に動いて、こぶしを天に突き上げる動作ぐらいは見せるだろう。ここ何代もうなだれてベンチに帰る敗戦投手ばかり見てきたせいで、うまく想像できないのが悲しい。

野田佳彦首相がきょう、首相官邸を自民党の安倍晋三総裁に明け渡す。

選挙で惨敗した野田さんも敗戦投手には違いないが、「消費増税」という渾身《こんしん》の一球は記憶に残る。良かったのはその一球のみだったにせよ、あえて不人気な政策を抱きしめて総選挙という俎板《まないた》の上に身を投じたのだから腰が据わっていよう。世間の評価は知らない。小欄は起立して、その人の後ろ姿を見送る。

競技者を詠んだ歌では島田修二さんの一首もいい。

〈肩を落し去りゆく選手を見守りぬわが精神の遠景として〉

勝者よりも敗者のなかに、いつも自画像が見つかるのはなぜだろう。

（２０１２・12・26）

杉村太蔵

ゲーテの『格言と反省』に、〈太陽が照れば塵《ちり》も輝く〉という一節がある。衆院選に圧勝し、諸改革に向けて旭日《きょくじつ》のごとき勢いの自民党だが、輝きすぎた塵もいる。

「料亭に早く行ってみたい」

「国会議員の給料は2500万円」

「議員宿舎は3LDKで楽しみ」

塵、かく語れり。当選後の発言で聞く人を驚かせてくれたのは自民党の新人議員、杉村太蔵氏（26）である。

先輩議員からは相当に手厳しくたしなめられたようで、一昨日、反省の記者会見を開き、「国会議員としての自覚が足りないまま幼稚で無責任な発言を繰り返しました」と神妙に謝罪した。連休中に自分を見つめ直したという。

江戸の古川柳に〈売れぬ鸚鵡《おうむ》の口が利き過ぎ〉という句がある。「ユウセイミンエイカ」さえ覚えれば飛ぶように売れた小泉バードショップでは少々おしゃべりな鸚鵡さんもついでに売れてしまったらしい。

小泉政権を見つめる国民のまなざしをほんの少し用心深くさせ、戦勝に沸く自民党をほんの少し謙虚にする。杉村氏の発言にも、なにがしかの効能がないとは言えまい。

政治家としても一社会人としても、春秋に富む26歳である。塵も宇宙塵《じん》となれば、流れ星として夜空に一瞬の光芒《こうぼう》を放つこともある。あの坊やがねえ、ここまで成長したか……。いつか、世人を感慨に浸す日もあろう。

（2005・9・29）

安倍晋三

古川ロッパが帝国劇場でミュージカルに出演したときである。連日満員の盛況だというのに、帝劇社長・秦豊吉《はたとよきち》の顔は日に日に険しくなっていく。

ロッパは日記に書いた。

〈（客の）入りがよくなると機嫌わるくなるのは、いい興行師なり〉（1951年2月18日付）

チケットが売れれば売れるほど、好評であればあるほど、いい舞台を見せる責任が肩に重くのしかかる。すぐれた興行師とはそういうものだと。

この「不機嫌な興行師」を、安倍首相もまねていい。大方の予想通り、自民、公明の政権与党が参院選を制した。

〝決められない政治〟の病根であった「ねじれ」は解消する。祝い酒もノドを通らないほどに、〝決められる〟数を託されたことの重みを肩に受け止めてもらおう。公約の実現に向けて、情理を尽くして語りに語り、説きに説く姿勢が求められるのはこれからである。

芝居の世界に戒めの小唄がある。

〈役者殺すにゃ刃物は要らぬ、ものの三度も褒めりゃいい〉

昨年暮れの衆院選、この参院選と、自民党は立て続けに有権者から褒められた。そろそろ、慢心に殺されない用心の要る頃合いである。

（2013・7・22）

第6章

地上の星

――あなたに照らされて――

辻井さんのピアノ

1年ほど前、日本経済新聞の文化欄で、ある盲学校の先生が寄稿した一文を読んだ。生徒による短歌コンクールの話で、紹介されていた歌が忘れがたい。

〈分からない色の黄色は分からない黄色い声は弾んでいるね〉

作者は全盲の高校生という。こまやかな想像力と、みずみずしい表現力の結晶した一首である。

音色に結晶させた人もいる。

世界的な演奏家を数多く輩出してきた「バン・クライバーン国際ピアノコンクー

ル」で東京都在住の大学生、辻井伸行さん(20)が優勝した。生まれたときから全盲のピアニストである。

普通は譜面を見て覚える曲を辻井さんは録音テープを聴いて学ぶという。見えない鍵盤をたたいては「天から降る」と評された独特の美しい音色に織っていく。天才や奇跡という安手の形容は寄せつけず、努力や鍛錬というありきたりの言葉では足りず、感嘆の吐息をもってしか語ることのできない人生もある。

音楽に、文学に、その他の分野に、視覚障害を乗り越えて自分の道を歩む少年少女がたくさんいる。きのうは海の向こうから届いた朗報に、「黄色い声」を弾ませたことだろう。

(2009・6・9)

杉山さんの詩

杉山平一さんの詩が好きで、小欄にも何度か引いた。たとえば『風鈴』。〈かすかな風に／風鈴が鳴つてゐる／目をつむると／神様　あなたが／汗した人のために／氷の浮かんだコップの／匙《さじ》をうごかしてをられるのが／きこえます〉

60年以上も前に編まれた詩集『声を限りに』の一編だが、「格差」「貧困率」といった暗い言葉が飛び交う現代に働く人たちを、慰めるかのような、抱きとめるかのような優しい響きがある。

95歳を迎えた杉山さんの新著、『巡航船』（編集工房ノア）が出版された。詩集ではなく、自選の文集である。

花森安治や立原道造と結んだ青春期の交友、会社勤めの照り曇り、幼い長男を亡くした悲しみなどが綴《つづ》られている。杉山さんの詩を愛誦《あいしょう》する人は、作品の生まれてきた母胎に触れることができて興味が尽きないだろう。

〈むかし帽子の上に光る徽章《きしょう》のやうな人間になりたいと思つてゐた／いま自分は靴のうらに光る鉄鋲《てつびょう》のごとき存在にすぎない／人しれず　支へつゝ／磨《す》りへらんかな〉（『徽章』）

その詩は、屈託を抱えた人々の心を人知れず支えて、いまも磨り減ることはない。

（２００９・11・21）

高倉さんの運動会

小・中学校の合同、といっても総勢100人ほどの運動会である。「ナワナエ競争」がはじまった。おじいさん、おばあさんたちが運動場に出て、藁《わら》をよじり、どちらが長い縄をなえるかを競った。

真剣な表情のお年寄りを、校庭にいる皆が声を張り上げて応援している。いつのまにか自分も手を叩《たた》いていたと、高倉健さん（75）は随筆『沖縄の運動会』に書いている。石垣島を訪ねた折、たまたま目にした光景という。

帰京後も感銘は去りがたく、感謝の志として学校に天体望遠鏡を贈った。懇切な礼状が届いたが、高倉さんは自問する。夜空が美しく、人もやさしいあの島の子供たちに、贈り物など必要であったか。

〈少し後悔した〉と、文章は結ばれている。行きずりの人に無心で拍手を送ることも、感銘を胸にしまいかねて感謝の形に表すことも、その行為をしずかに省みることも、現代人が忘れかけた心であろう。

映画俳優として初めて、今年度の文化功労者に選ばれた。『網走番外地』の橘真一、『昭和残侠《ざんきょう》伝』の花田秀次郎、『鉄道員《ぽっぽや》』の佐藤乙松……数々の人物に観客が魅了されたのも、演じる高倉さんのなかに心の忘れ物を見つけたからに違いない。

所属事務所を通しての喜びの言葉に、「志低く、不器用な自分が」とあった。寡黙で一本気な銀幕の主人公が目に浮かぶ。

（2006・11・1）

少女の一銭

明治期に来日した米国の動物学者、エドワード・モースに、日本人の少女ふたりを連れて東京の夜店を散策したときの回想がある。

少女は日本で雇い入れた料理人の子供とその友だちで、10歳くらいである。十銭ずつ小遣いを与え、何に使うだろうと興味をもって眺めていた。

ふたりは、道端に座って三味線を弾いている物乞《ご》いの女に歩み寄ると、地べたのザルにおのおの一銭を置いた。みずからも貧しい身なりをした少女たちの振る舞いを、モースは『日本その日その日』（東洋文庫）に書き留めている。

江戸川柳に〈琴になり下駄《げた》になるのも桐《きり》の運〉という句がある。同じ桐の木も運次第で、琴に生まれては座敷に鎮座し、下駄に生まれては人の足に踏まれて一生を終える。身分社会を生きる不遇の人を慰めて、かなしい響きがある。

江戸の風儀を残す明治の初め、少女たちが施した一銭にも、不運にして日の当たらぬ者に寄せた慈しみのまなざしが感じられる。勝敗は運ではない、個人の才能よ――と驕《おご》れる当節の自称「勝ち組」には、無縁のまなざしであろう。

金力の信奉者であることを隠さず、人生「勝ち組」を自任してきた若手起業家が、汚い金稼ぎを指揮した疑いで東京地検特捜部に逮捕された。その報を聞きつつ、顔も知らぬ、名も知らぬ少女の幻が浮かんでは消える。

（2006・1・24）

山田さんのセリフ

山田洋次さんのシナリオ集を読んでいて気づいたことがある。登場人物の多くが「さよなら」ではなく、「さいなら」と言う。

『下町の太陽』の町子（倍賞千恵子）はのちに恋人となる良介に会い、ぎこちない会話を交わして別れる。

〈さいなら〉

『馬鹿が戦車でやってくる』では紀子（岩下志麻）が声をかける。

〈じゃ父さん、さいなら〉

「さよなら」と読み比べてみる。「さいなら」は夏目漱石の『吾輩《わがはい》は猫である』にもあり、そうめずらしい物言いではないが、「さよなら」とは語感が異なるようである。「さよなら」はほんの少し深刻な響きを引きずって重く、「さいなら」にはまたすぐに会える心の弾みを感じるのだが、どうだろう。

辞書的な意味は変わらないのに、日本語とは繊細なものである。きょう、山田さんに文化勲章が授与される。おいちゃんと派手なけんか別れをしても、寅次郎はやがて故郷の柴又に帰ってくる。『男はつらいよ』も「さいなら」の映画であったろう。

震災で多くの〝さよなら〟を見てきたせいか。風が身にしみる晩秋ゆえか。〝さいなら〟のぬくもりが、やけに恋しい。

（2012・11・3）

宮本さんの踏切㈠

赤信号に立ち止まった交差点で春を知る朝がある。ついきのうまではコートの襟に首を縮めて辛抱していた同じ時間が、あまり長く感じられない。そういう朝がある。

暖冬とはいえ早春のことで風はまだ冷たいが、ポケットから出した手に受ける日差しは心なしかやわらかい。例年よりも季節感の乏しい折、交差点で味わう数十秒の春が一層貴重なものに感じられる。

詩人の伊藤桂一さんに『微風』と題する詩があった。

〈掌《て》にうける／早春の／陽《ひ》ざしほどの生甲斐《いきがい》でも／ひとは生きられる〉

この1年、ささやかな生甲斐をもなくし、みずから命を絶った若い人はどれほどの数にのぼるだろう。

命が粗末に扱われがちな世相の木枯らしに、身を挺《てい》して抗《あらが》った人もいる。線路に入った女性を保護しようとして電車にはねられ、重体となっていた警視庁常盤台交番の宮本邦彦巡査部長（53）が亡くなった。

世の中には、あなたの命を命がけで守ろうとする人間もいるのだ――。宮本さんの遺《のこ》した無言の叫びが生き惑う人たちにとって、絶望の手前で踏みとどまる「陽ざしほどの生甲斐」になることを信じている。

どこの街を歩いていても、交番を見かけるたびに宮本さんの面影がそこに重なるだろう。交差点で春の訪れを知る季節はやがて移りゆくとも、胸の手のひらで受けた日差しは忘れまい。

（2007・2・14）

宮本さんの踏切㈡

児童文学者、石井桃子さんの代表作『ノンちゃん雲に乗る』に、子供が好きで好きでならない白いひげのおじいさんが出てくる。いつも雲に乗っているところをみると、どうやら神様らしい。

潮に流された親子連れがおぼれかけているのを見つけるや、雲ごと海面に急降下し、熊手《くまで》で親子を流れの穏やかな所に引き寄せる場面があった。雲の上から一昨日は、海ならぬ線路上に舞い降りてくれた誰かがいたのかも知れない。

山梨県富士吉田市の富士急行の踏切内で、1歳の女の子がレールとレールの間に転倒し、その上を電車が走った。女児は額の打撲と手足に擦り傷を負う軽傷で済んだという。

電車の底部と線路の隙間《すきま》は24センチしかない。もしも顔を上げていたら、身を起こしていたら……背筋が冷たくなる。熊手で幼子の首筋をそっと押さえてくれた誰かに、ただただ手を合わせるばかりである。

踏切で思い出す人がいる。東京都板橋区で今年2月、線路内の女性を助けようとして電車にはねられ、死亡した宮本邦彦警部（53）を偲《しの》ぶ特別展がいま、都内で開かれている。

「天国でもりっぱなおまわりさんでいてください」

会場には、地元の小学生の寄せ書きなどが展示されている。白いひげのおじいさんを手伝って、あなたの初仕事でしたか？　胸につぶやきながら、春の空を仰ぐ。

（2007・4・11）

キャルの目

今年4月に亡くなった俳人藤田湘子《しょうし》さんに、〈愛されずして沖遠く泳ぐなり〉という代表句がある。孤独で、美しく、甘酸っぱい。泳いでいるその人に最も似つかわしい実在の人物を挙げるとすれば、さて誰でしょう。

ジェームズ・ディーンの名を思い浮かべる人もあるだろう。『エデンの東』のキャル。『理由なき反抗』のジム。『ジャイアンツ』のジェット。彼が演じたのは、周囲に受け入れてもらえぬまま青春の海を沖遠く泳いだ若者である。

1955年（昭和30年）9月30日、自動車事故で死去した。24歳。ハリウッドで仕事をしたのはわずか１年４か月、彗星《すいせい》のごとくという形容がこれほど切なく似合う人もいない。きょうで没後50年になる。

10代の若者が持っているすべての特徴をディーンは備えていたと、映画評論家の小野耕世さんはいう。誰もが銀幕の上に自分を見つけた、と。

はにかみ。ずるさ。自信のなさ。自信過剰。傷つきやすさ。あふれ出る感情を処理できないいらだち。誰かにすがりつきたい気持ちと、それをうまく言葉にできない苦しさ。

ひとり沖遠く泳ぐ若者がいる限り、ディーンは青春の自画像でありつづけるだろう。人は海から上がり、「何が傷つきやすいだ、甘ったれるんじゃない」とつぶやく陸の中年に、やがては変わりゆく定めであるにしても。

（２００５・９・30）

山中さんの挫折

人生は、生きてみないことには分からない。涙も涸《か》れ果てた失恋に、あとで感謝することもある。

〈今までに、私をフッてくれた人たち、ありがとう。おかげでこの息子に会えました〉

日本一短い手紙のコンクール『一筆啓上賞』の、かつての入選作にある。

男女の仲に限るまい。この道で生きようと志した人生の夢に、つれなくされる失恋もある。今年のノーベル生理学・医学賞に選ばれた山中伸弥・京都大学教授(50)も経験者であるらしい。

スポーツ選手を治療する整形外科の臨床医を志し、挫折している。うまくやれば20分の手術が2時間かかったというから、よほど不器用だったのだろう。邪魔で足手まといの〝ジャマナカ〟と、先輩医師からは残酷な異名までもらったという。

臨床医になる夢にフられて研究医に転身し、iPS細胞（新型万能細胞）という途方もない〝孝行息子〟を人類の未来に産み落とした。〈人間万事塞翁《さいおう》が馬〉だからこそ、人生は面白い。

仕事に、恋に、あるいはほかの何かにつまずき、どん底のなかで偉業の朗報に接した人も多かろう。あすを信じて、きょうの悔し涙に乾杯！

（2012・10・9）

森さんの舞台

なるほど評判の通り傘寿《さんじゅ》を過ぎた人とは思えぬ見事なでんぐりがえしだった。自分の小説が雑誌に載ると知り、森光子さんの主人公が欣喜《きんき》雀躍《じゃくやく》する場面である。東京・日比谷の芸術座で『放浪記』を見た。

作家、林芙美子の半生を描いたこの芝居の上演は、1961年の初演から1500回をすでに超えている。山本安英さんの『夕鶴』や杉村春子さんの『女の一生』を上回り、記録の更新中である。

一つの役を繰り返して演じることは、同じ品を毎日つくる職人の手仕事に似ているかも知れない。司馬遼太郎さんに職人芸を論じた随筆があった。〈伝統工芸は九割が技術で、あと一割が魔性《ましょう》である〉と司馬さんは言う（『多様な光体』）。

魔性とは魂のことだろう。同じ作業の繰り返しに見える職人の仕事も実は、一つひとつの作品に魂がこめられるかどうかの、日々新たな真剣勝負であるに違いない。

企業でも人でも、足取り軽く多方面に才能を伸ばす「マルチ」型が全盛の時代である。磨き抜かれた技術に一割の魔性をこめる「この道」型の影が薄くなりつつあるのは、さびしい。

芝居が終わり、拍手で再び幕が上がると、舞台に正座して客席に深々と一礼する森さんがいた。人生の山坂を歩き疲れた主人公そのまま、笑みもなく放心した表情が印象に残った。魔性が宿ったのだろう。

（2002・3・20）

益川さんの黒板

8年前にノーベル化学賞を受賞した白川英樹さん(72)が中学時代の思い出を語ったことがある。物理の時間、ひとりの生徒が「雲はなぜ落ちてこないのですか」と教師に尋ねた。「雲をつかむような質問だ」と教師は話をそらした。

先生も分からないから一緒に考えてみよう。「そう答えてくれたら、私は化学ではなく物理の道に進んでいたかも知れない」と。学校の教室が好奇心の芽を摘み取る場になることもある。

夜道が教室になることもある。今年のノーベル物理学賞に選ばれた益川敏英さん

（68）がストックホルムで受賞記念の講演をした。小学生の昔を回想している。

家具職人や砂糖商をしていた父親は科学や技術にも関心が深く、いつも銭湯に通う道すがら、モーターの回る仕組みや日食、月食の原理を話してくれた。理科の面白さをそうして知ったと、〝英語嫌い〟の益川さんは日本語で話した。遠い日の父に語りかけた講演でもあったろう。

暗い路地を脳裏に描く。タオルと石鹸《せっけん》の手桶《ておけ》を小脇に、ときに手ぶりを交えて語る父がいる。耳をすまして聴く子がいる。並んで歩く二人の上には、夜空の黒板。

（2008・12・10）

二山さんのバレエ

めしべとおしべだけでは受粉できない。風や虫が仲立ちをする。先日、87歳で亡くなった吉野弘さんに『生命は』という詩がある。

〈生命は／その中に欠如を抱き／それを他者から満たしてもらうのだ〉（詩集『贈るうた』）

草花に限るまい。人の一生にも、受粉を助けてくれる風や虫がいる。その人には、愛らしい少女が〝風〟であったらしい。

若手ダンサーの登竜門、ローザンヌ国際バレエコンクールで長野県松本市の高校2

年生・二山《にやま》治雄さん（17）が優勝した。７歳でバレエを始めたきっかけは「好きな女の子がやっていたから」という。

風は受粉を手伝おうと吹くのではない。二山さんとバレエを結びつけた少女もたぶん今、自分が大輪の花を咲かせる手伝いをしたことに気づいていないだろう。えにしの糸の不思議さよ。

吉野さんの詩は結ばれている。

〈私も　あるとき／誰かのための虻《あぶ》だったろう／あなたも　あるとき／私のための風だったかもしれない〉

愛らしかった時期こそないが、小欄が知らず知らず受粉を手伝った花も、どこかに咲いているのだろう。根拠のない想像に、ちょっと胸を張る。

（２０１４・２・４）

第7章

昭和ブルース

―なつかしく、かなしく―

黄門さま

勝新太郎さんが映画『座頭市』シリーズで人気絶頂の頃である。劇作家の宇野信夫さんが勝さんの父親、長唄三味線方の杵屋《きねや》勝東治《かつとうじ》さんに映画の感想を尋ねた。

「いけませんね、万年リズムです」

勝東治さんはそう答えたという。

宇野さんが随筆集『ことば読本』（講談社）に書き留めている。「マンネリズム」を「万年リズム」のことだと思っていたのだろう。言葉の間違いといえば間違いだが、ちょっと楽しい。

型にはまって新鮮味のない「マンネリズム」に対し、「万年リズム」は古い時計が時を刻んでいるような、どこかしら心やすらぐものを含んでいるようである。

１９６９年（昭和44年）からＴＢＳ系で放送されている時代劇ドラマ『水戸黄門』が、現在放送中の第43部で終了するという。助さん、格さんがひと暴れしたあと、午後８時44分あたりに登場する印籠で数々の悪漢を退治してきたご老公も、視聴率の低迷には勝てなかったらしい。

今日がきのうと変わらず、明日が今日と変わらない「万年リズム」のありがたさが身にしみる震災後である。長寿番組の大往生にも一抹のさびしさが残る。

（２０１１・７・16）

昭和天皇

昭和天皇が北陸を巡幸されたのは、終戦の翌々年である。第一夜の夕食に出た鰻《うなぎ》をきれいに召し上がった。翌日の新聞に「お好きらしい」と記事が載る。行く所、行く所に鰻が待っていた。

「きょうも鰻だったね」

笑って話されたと、侍従の入江相政《すけまさ》さんが随筆に書いている。食べ物の好き嫌いひとつでも、人が動き、波紋が広がる。それを気遣い、個人的な感情を厳しく我が身に封印してこられた人の、語気の荒さをも伝える『メモ』に驚いた。

〈だから私はあれ以来参拝していない。それが私の心だ〉

靖国神社にＡ級戦犯が合祀《ごうし》されたことに昭和天皇が強い不快感を表明していたことが、当時の宮内庁長官が残した発言メモで明らかになった。

日付は１９８８年（昭和63年）４月28日――最後となった87歳の誕生日前日である。無謀にして悲惨な戦争を振り返り、語らずにはいられない心が封印を解かせたのだろう。

その３日前、記者会見に臨まれている。日本が戦争に進んだ原因をめぐる質問に、「人物の批判とかそういうものが加わりますから」と、言葉を濁された。メモは語られざる答えであったかも知れない。

最晩年まで、悔いと苦悩と憤りを抱いておられたのだろう。土用の丑《うし》の日を控えた街に、昭和天皇が好まれた鰻を焼くにおいが甘く漂う。慰霊と鎮魂の夏が近い。

（２００６・７・21）

南の島に雪が降る

前進座の役者加藤徳之助は32歳で応召、1943年（昭和18年）の冬、ニューギニアに上陸した。俳優加東大介になるのは戦後である。

戦況は敗色を覆いがたく、食糧もない。マラリアやデング熱を病んだ兵は、骨と皮で死んでゆく。トカゲやネズミを奪い合う争いが絶えない。

司令部は希望のない兵を慰めるため、加藤伍長に「演芸分隊」の設立を命じた。密林に劇場小屋を建てる。絵ごころのある兵士が大道具を作る。洋服屋の兵士が衣装を用意し、長唄の師匠が楽士を務めた。

長谷川伸『関の弥太ッペ』を上演したとき、原作にない雪を降らせた。舞台に敷いたパラシュートを積雪に見立て、切り刻んだ紙を舞わせた。分散して駐屯する各部隊を日替わりで招き、日本の風景を楽しんでもらう趣向である。

ある日、いつもならば歓声が湧く雪の場面でしんと静まり返っている。不審に思った加藤伍長が客席を見ると、〈みんな泣いていた。３００人近い兵隊が一人の例外もなく、両手で顔をおおって泣いていた〉。東北出身者の部隊だった。

映画にもなった加東さんの著書『南の島に雪が降る』が、光文社「知恵の森文庫」から復刊される。原爆忌から終戦記念日につづく追悼と追想の夏である。戦闘場面のない異色の戦記も、白い紙吹雪の向こうから何ごとかを語るだろう。

（２００４・８・４）

橋

数寄屋橋、新橋、京橋……。川も掘割もなく、橋もなく、地名だけに残る「橋」が東京にはいくつもある。掘割が埋め立てられ、数寄屋橋が姿を消したのは１９５８年（昭和33年）のことである。

日本橋にはいまも川が流れ、典雅な装飾の橋が架かっているが、高速道路に頭上を覆われた姿は痛ましい。１９６４年（昭和39年）の東京オリンピックを成功させるべく、国じゅうが突貫工事の作業場になった時代の産物である。

〈高速道路跨《また》りて暗くなりはてし日本橋わたるいきどほろしく〉（五島茂）

経済が高度成長のエンジン音をとどろかせた昭和の30年代は、東京が「水の都」の面影を失っていく時期でもあっただろう。

川の上に道路を通せば面倒な用地取得は不要になる。効率一辺倒の愚かさを顧みて笑うのは容易だが、それほどに敗戦の傷は深く、一日も早い復興が何物にも代えがたかったということかも知れない。

あの青空の下で東京オリンピックの開会式が催されて、あすで四十年になる。「衣食足りて礼節を知る」というが、成長が足りて美醜の分別を知った現代の目に、祭典の遠い記憶はまばゆく、ほろにがい。

〈数寄屋橋此処《ここ》にありき〉

かつて橋のあったあたりはいま、小さな公園になっている。劇作家菊田一夫の筆になる碑文は、どこか墓標を思わせる。

（２００４・10・９）

自叙伝

三島由紀夫は日本文化の研究者、ドナルド・キーンさん（83）との文通で、戯れに「鬼院さま」と書いた。キーンさんは仕返しに「魅死魔幽鬼夫さま」と書き送った。「小生たうとう名前どほり魅死魔幽鬼夫になりました。キーンさんの訓読は学問的に正確でした」

最後の手紙は自決直前に書かれたものであったと、キーンさんは『声の残り』（朝日文芸文庫）で回想している。

ニューヨークに生まれ、戦時下の米国海軍で日本語を学んだ。日本の兵士が戦場に残した日記を翻訳する仕事に従事している。

〈初めてできた日本人の友だちは皆、死んでいった人たちでした〉

古典や近代文学に親しむ以前、名もなき兵士が残した魂の声を聴いていた。その体験が後年、日本の精神文化を洞察する眼光に独特の深みを与え、三島をはじめとする数多くの作家の心をひきつけたのだろう。

キーンさんの土曜朝刊連載『私と20世紀のクロニクル』があすから始まる。作家たちとの交友や個人の歩みを生きてきた波乱の時代とともに見つめ直して、初めての本格的な自叙伝になるという。

〈もし私に日本がなかったら、私はまともな人間になれたかどうか分からない〉

日本との深いえにしをそう表現したことがあった。描かれるクロニクル（年代記）は昭和を生きた日本人のクロニクルでもあろう。

（２００６・１・13）

ナイロン

戦前、米国でナイロンが発明されたときである。「Ｎｙｌｏｎ」という命名の由来が、まことしやかに語られた。日本からの絹の進出に悩まされていた米国の繊維業界が快哉《かいさい》を叫んだのだ、と。

〈Ｎｏｗ　Ｙｏｕ　Ｌａｕｇｈ　Ｏｌｄ　Ｎｉｐｐｏｎ〉（諸君、いまこそ時代遅れの日本を笑え）

国文学者の池田弥三郎さんが『日本故事物語』（河出書房新社）に書き留めている。

俗説には違いないが、日本の近代化を牽引《けんいん》した絹産業がいかに隆盛を誇ってきたかを物語ってもいる。その象徴、「富岡製糸場」（群馬県富岡市）が世界文化遺産に推薦されるという。

1872年（明治5年）に殖産興業を急ぐ政府の設けた官営模範工場である。外国人技師の飲む赤ワインから連想したのか、「勤めれば生き血を取られる」との妄言が流布して人集めに苦労した、という逸話に時代がしのばれよう。歴史の残照のなかに赤レンガの建物はたたずむ。

企業に、産業に、あの頃のファイトが求められている今である。「laugh」を「learn」に読み換えるのもいいだろう。〈諸君、いまこそ古き日本に学べ！〉と。

（2012・7・17）

写真

長野支局で駆け出しのころ、善光寺が焼けた。日は暮れて締め切りまで時間がない。現場、警察、消防と、手分けして取材に散った。小欄は写真を一手に任された。撮り終えて職場に戻り、現像して呆然《ぼうぜん》となった。遠景から何枚も撮った炎上の写真が1枚も写っていない。

「おい、あと5分で締め切りだぞ」

誰かがドアを叩《たた》いた。出たくない、このまま暗室のなかで一生暮らしたい……そう考えたのを憶《おぼ》えている。

国立科学博物館が発表した今年度の「未来技術遺産」22件のなかに、〈世界で初めて市販されたデジタルカメラ〉（富士フイルム製、１９８９年）とある。

「もう10年早く売ってほしかったな」と、三十数年前のほろ苦い夜を思い出した。すこし前に全盛を誇ったデジタルカメラもいまは、機能満載スマートフォンの風下に立つ。めまぐるしいデジタル社会の無常転変を教えてくれる「遺産」でもあろう。

脳にも排泄《はいせつ》の機能があるようで、どう叱られてどう謝ったのか記憶にない。翌日の紙面に〝燃える善光寺〟の写真が載らなかったのはわが読売だけだった。当時の縮刷版はいまもひらく気になれない。

（２０１３・９・13）

ブルースの女王

歌手の淡谷のり子さんはある片田舎で公演をしたとき、劇場入り口の垂れ幕に赤面したことがある。

〈ズロースの女王来たる〉

昭和10年代の半ばという。

ブルースという言葉はやがて隅々に浸透し、妙な間違いはなくなったが、今度は当局から『別れのブルース』『雨のブルース』の歌唱を禁じられた。〈暗い運命《さだめ》に　うらぶれはてし身は……〉(雨のブルース)といった歌詞が時局に合わないと判断されたらしい。

上海の部隊を慰問したときの回想が、自叙伝『酒・うた・男』（春陽堂）のなかにある。兵士たちは禁じられた2曲を歌ってくれとせがんで聞かない。罰を受けてもいい。淡谷さんは腹をくくって歌う。

兵士たちはぽろぽろ涙を流して聴いた。監視役の将校は気を利かせて席をはずした。淡谷さんが歌い終えて会場を出ると、扉越しに聴いていたのだろう、退席したはずの将校が廊下で泣いていたという。

淡谷さんが生まれたのは1907年（明治40年）の8月12日、あすは生誕満100年にあたる。胸の下で腕を組む独特のポーズとともに、哀調を帯びたソプラノを懐かしく思い出す方もあるに違いない。

〈あゝかえり来ぬ　心の青空……〉と、『雨のブルース』にある。好きな歌を心おきなく歌い、聴くことのできる自由は、二度と手放してはならぬ「心の青空」だろう。

（2007・8・11）

遺書

子供たちはカタカナがやっと読める年齢らしい。その手紙にある。

〈ヒトノオトウサンヲウラヤンデハイケマセンヨ〉

お父さんは神様になって、お前たちをずっと見守っているからね。

久野正信中佐。29歳。戦死。

〈オトウサンハ「マサノリ」「キヨコ」ノオウマニハナレマセンケレドモ……〉

どんなにか、お馬になって、わが子の重みを背中で感じたかったことだろう。

鹿児島県南九州市の知覧特攻平和会館には、特攻隊員の遺書や日記が残されている。

世界記憶遺産に登録するよう、市が国連教育・科学・文化機関（ユネスコ）に申請した。

〈おやさしき我が祖母様よお先にて三途《さんず》の河の浅瀬知らせむ〉（高田豊志少尉。19歳。戦死）

ソチ冬季五輪の日本人選手にも同じ年頃の若者が大勢いる。〝命懸け〟が比喩であることの、平和であることの、ありがたみを胸に刻む記憶遺産である。

「戦争を賛美するもの」と、いずれ中国や韓国があらぬ言いがかりをつけてくるのはうんざりするほど目に見えている。休みやすみ言うがいい。孫が祖母に辞世の歌を捧《ささ》げた昔に戻りたいと願う国が、地球上のどこにある。

（2014・2・7）

皇后さま

人生には幾つもの分かれ道がある。人はその時どき、道しるべのない三差路で立ち止まり、信じた道を歩いていく。選ばずに通り過ぎた道がいかなる世界につづいているかは誰にも分からない。

〈かの時に我がとらざりし分去《わかさ》れの片への道はいづこ行きけむ〉

皇后陛下は10年前の秋、そういうお歌を詠まれている。皇太子妃として皇室に入られたころを遠く思い起こしておられたのかも知れない。

皇后さまは昨年、古希を迎えられた。今年は戦後60年という歳月の節目でもある。

来し方を顧みる感慨にも、格別のものがおありだろう。『歩み　皇后陛下お言葉集』（監修・宮内庁侍従職）がこのほど、海竜社から刊行された。

平成元年（1989年）から昨年までの間に公にされた記者会見などのご回答、式典に寄せられたお言葉、60首余りのお歌などが収められている。

阪神大震災のあと、「雛《ひな》なき節句」を迎えた被災地を悲しまれた一首がある。新潟県中越地震で土砂の下から奇跡的に救出された幼児の命を見つめた一首がある。ページを繰りながら、おのが歩みの山坂を重ねる人もいるだろう。

書名は今年の歌会始のお題「歩み」からとられている。

〈風通ふあしたの小径《こみち》歩みゆく癒えざるも君清《すが》しくまして〉

朝の散策の道で天皇陛下とおふたり、穏やかな歩みが目に浮かぶ。

（2005・10・13）

帰還

〝昭和の爆笑王〟初代林家三平さんは48歳で禁煙した。フィリピン・ルバング島から小野田寛郎陸軍少尉が帰還したときである。

「たばこなんか吸ってちゃ申し訳なくて……」

当時、そう語っている。

1974年（昭和49年）といえば、政界が「金脈」に揺れ、映画『エマニエル夫人』が話題になり、公共の場を全裸で走り抜ける「ストリーキング」なるものが世間を騒がせた年である。

そこに、終戦を知らぬまま29年間、ひとり密林に潜伏して戦争をつづけていた人が帰ってきた。どこか後ろめたくて目を合わせられないような、粛然と襟を正さずにいられない心境は三平さんだけではなかっただろう。

「こういう国にするために私の上官や部下は死んだのか？」と、その人が言ったわけではないが、日本人の誰もが無言の問いかけを耳にしたはずである。小野田さんが91歳で亡くなった。

〈将校の怖さのままで帰還する〉（増田鬼祥）

当時そう詠まれもした射抜くような眼光も、晩年は好々爺《こうこうや》然とした柔和なまなざしに変わった。数奇な運命の行き着いた終着駅が穏やかな日だまりであったことに、ほっとする。

（2014・1・18）

霊苑にて

隣近所との疎遠はめずらしくないご時世だが、墓地内の隣近所となるとさらに縁が薄い。霊園の、わが家と同じ区画に寂しい墓がある。お参りの人を見かけたことはない。墓石には鳥の糞《ふん》がこびりつき、生い茂った笹《ささ》が藪《やぶ》をつくっている。

傍らの墓誌には、昭和19年（１９４４年）に21歳で亡くなった青年と、昭和51年（１９７６年）に81歳で死去した父親とおぼしき人の名前が刻まれている。

戦死した一人息子のために墓を建てる。父親が、やがて母親が亡くなる。母親の名を墓誌に刻んでくれる人もなく、守り手のいない墓は荒れた。想像にすぎないが、戦後67年とはそういう歳月だろう。

戦後と〝災後〟。東京タワーとスカイツリー。東京五輪とロンドン五輪。春から夏にかけて、〈終戦まで〉よりも〈終戦から〉を振り返る日々がつづいた。戦争の犠牲者に、少しさびしい思いをさせなかったか。小さな痛みが胸をよぎらぬでもない。

ひしゃくの水と数本の線香だが、笹藪の墓に供養のお裾分けをしている。歳月というものに香りがあるとすれば夏草の匂いだろうかと、この季節に墓参りをしていつも思う。

（２０１２・８・15）

第8章

さよならをするために

――逝きし人の面影――

森繁久彌

芝居が始まったのに、その少女は客席の最前列で頭を垂れ、居眠りをしている。『屋根の上のヴァイオリン弾き』九州公演でのことである。

森繁久彌さんをはじめ俳優たちは面白くない。起こせ、起こせ。そばで演技をするとき、一同は床を音高く踏み鳴らしたが、ついに目を覚まさなかった。

アンコールの幕があがり、少女は初めて顔を上げた。両目が閉じられていた。居眠りと見えたのは、盲目の人が全神経を耳に集め、芝居を心眼に映そうとする姿であったと知る。心ない仕打ちを恥じ、森繁さんは舞台の上で泣いたという。

享年96、森繁さんの訃報《ふほう》に接し、生前の回想談を思い起こしている。誰ひとり退屈させてなるものか、という生涯枯れることのなかった役者魂と、情にもろい心と――森繁久彌という希代の演技者がその光景に凝縮されているように思えてならない。

映画、舞台、テレビと、巨大な山脈をなす芸歴のなかで、盲目の少女との挿話は山すそに咲いた一輪の露草にすぎまい。山脈の威容は、語るべき人たちが語ってくれよう。いまは小さな青い花の記憶を胸に映し、亡き人への献花とする。

（2009・11・11）

藤圭子

8月は流れ星の季節である。ペルセウス座流星群を見た方もあろう。3回はおろか、1回の願い事も唱え終わらぬうちに、夜空に消えていく。一瞬のきらめきは、いつまでも記憶に残る。

その人を、作家の五木寛之さんは「流れ星」にたとえた。日本の歌謡史に光って消えた、と。藤圭子さんが62歳で死去した。自殺か、とも報じられている。

「がんばれ」と励ましてくれる友はありがたいが、愚痴を言い合う友が恋しいときもある。歌も同じで、「上を向いて歩こう」と肩を優しく叩《たた》いてくれる歌に感謝しつつ、

「どう咲きゃいいのさ、この私」の嘆き節に慰めてほしい夜もある。藤さんの〝怨《えん》歌《か》〟がそうだったろう。

〽何処《どこ》で生きてもひとり花／何処で生きてもいつか散る……（詞・石坂まさを、曲・猪俣公章、『女のブルース』）。一緒にうつむき、涙で酒を割ってくれた藤さんの歌を止血剤にして、心の傷を癒やした人は多かろう。

〈星一つ命燃えつゝ流れけり〉（高浜虚子）

聴き手の孤独と不幸に歌で寄り添ったその人にさえ、人生の穏やかな秋を天は許してくれない。生きるとはむずかしいものである。

（２０１３・８・24）

梁瀬次郎

輸入車の普及に尽くした「ヤナセ」の名誉会長、梁瀬《やなせ》次郎さんは「雄二」と命名される予定であったという。

創業者で父親の長太郎氏は英雄豪傑を好み、長男から順に、英一、雄二、豪三、傑四と名づけるつもりでいたが、英一ちゃんが肺炎にかかり、生後3か月で早世する。失意の父は命名の構想を貫く気力がうせたか、「次郎」と名づけた。

長太郎氏の激しい気性はその挿話にもうかがえるが、梁瀬さんが本紙の連載インタビュー『わたしの道』で回想したところによれば、その半生は父親に叱《しか》られては思い煩い、反発する歴史であったらしい。

長太郎氏は武将武田信玄の嫡子・勝頼を史上最低の2代目と信じきっていたそうで、「勝頼よりも愚かな2代目がいることをおれは初めて知った。それはお前だ」と、幾たび面罵《めんば》されたか分からない。

叱られているうちに、「なんだか勝頼が兄貴のように思えて……」と語っている。終戦の年、28歳で社長を任されたときは廃業寸前にあった会社を老舗に育て上げ、米国で自動車の殿堂入りも果たす。悲運の武将はいい弟分を持ったと喜んでいるに違いない。

梁瀬さんが91歳で死去した。家康や信長の信奉者は経済界にいくらもいるが、勝頼を兄と慕う経営者はもう現れないだろう。悩み、苦しみ、悔し泣きした人にだけ見えるものがある。

（2008・3・14）

三國連太郎

三國連太郎さんがテレビで浮浪者役を演じたときという。役づくりに、本番の衣装とザンバラ髪で深夜の街をうろついた。若いカップルに因縁をつける練習をして交番に駆け込まれ、逮捕されかけている。

饅頭《まんじゅう》を食べるシーンが気に入らず、テストを繰り返して18個も食べてしまった話。相手役の女優を殴るシーンでテストから本番まで20回以上も手加減せずに殴りつづけ、女優の顔が腫れ上がって撮影に支障が出た話……。

理性ではどうすることもできない心の働きを「業《ごう》」という。演技者の業を終生背負いつづけ、三國さんが90歳で亡くなった。

老け役を演じるために32歳で入れ歯にしたという逸話にしても、食べものの味は落ちるだろうし、のちのちまで不自由したはずである。観客を魅了したものは、「演技派」という月並みな除数では割ろうにも割りきれないこの〝殺気〟であったろう。

若き日には犬飼多吉（飢餓海峡）として小舟をあやつり、暗いまなざしに狂気を宿して嵐の津軽海峡を押し渡った。晩年はスーさん（釣りバカ日誌）として、釣り船を至福の揺りかごにした。俳優人生という海の豊かさよ。

（2013・4・16）

河野裕子

河野裕子さんの歌は小欄でも過去に何度か引用させてもらった。どの記事も、ふさぐ心で筆をとった記憶がある。

例えば6年前、大阪府内の男子中学生（当時15歳）が親から食事らしい食事を与えられず、小学2年並みの体重24キロ、骨と皮の餓死寸前で保護されたときに引いた一首。

〈しつかりと飯を食はせて陽《ひ》にあてしふとんにくるみて寝かす仕合《しあわ》せ〉

あるいはロシア南部、北オセチアで武装集団が学校を占拠し、１００人を超す子供たちが犠牲になったときに引いた一首。

〈朝に見て昼には呼びて夜は触れ確かめをらねば子は消ゆるもの〉

ふっと世相が暗くなるたび、燭台《しょくだい》の灯を借りるように河野さんの歌を借りてきた。「母性」というものを詠ませては、当代随一であるのみならず、記紀万葉から数えても指折りの歌人であったろう。乳がんを手術し、闘病生活を送っていた河野さんが64歳で亡くなった。

いままた、母親の「育児放棄」によって幼い命が二つ、無残に散ったばかりである。

〈子がわれかわれが子なのかわからぬまで子を抱き湯に入り子を抱き眠る〉

その人が残した燭台の灯が胸にしみる。

（２０１０・８・14）

星野哲郎

音楽事務所の名を『紙の舟』と付けた。名刺の肩書には「社長」ではなく「船頭」と印刷した。流行歌とは浮かべれば沈む紙の舟に似て、はかないものだから、と。星野哲郎さんである。

山口県の周防大島に生まれ、海にあこがれて商船学校に進んだが、結核性の肺浸潤を患い、船乗りの夢は潰《つい》えた。島に帰り、治療費もなく、26歳までの日々を寝たきりで過ごすなかで、作詞家の人生ははじまっている。

自身の作品を演歌ならぬ「塩歌」と呼んだ。潮風と、処世の涙と、胸にしょっぱい名曲の数々を残し、星野さんが85歳で死去した。

４０００曲を超す作品のなかで〝会心の一節〟は？　生前、本紙の取材に星野さんは名コンビ船村徹さんとの『なみだ船』を挙げた。

〈涙の終わりの　ひと滴／ゴムのかっぱに　しみとおる……〉

ファンにとっての忘れ得ぬ一節は人それぞれだろう。たとえば『出世街道』〈他人《ひと》に好かれていい子になって／落ちていくときゃ独りじゃないか〉。あるいは『男はつらいよ』〈止めに来るかと後《あと》振り返りゃ／誰も来ないで汽車が来る〉。

今宵《こよい》は、さて、どの舟をグラスに浮かべよう。

（２０１０・11・17）

森嶋通夫

ある新聞社の主催する経済関係の出版文化賞に、経済学者の森嶋通夫氏が内定した。担当者が電話で「おめでとうございます」と受賞を知らせた。

森嶋氏は電話口で答えた。

「おめでとうとは受賞が光栄な場合に第三者が使う言葉で、もらって頂けますかと言うべきです」

相手は言い直した。氏は「欲しくありません」と断った。

私の胸のなかは幾分すっとしたと、回想録『終わりよければすべてよし』（朝日新聞社）に書いている。担当者の非礼は明らかだが、へその曲げっぷりが徹底している。

１９７９年（昭和54年）、『文藝春秋』７月号に寄せた論文が物議を醸した。〈不幸にして最悪の事態が起きれば、白旗と赤旗をもって平静にソ連軍を迎えるほかない〉〈ソ連支配下でも……日本に適合した社会主義経済を建設することは可能である〉と論じた。

ソ連が自壊し、北朝鮮が経済危機にあえぐいま、論旨の不明を笑うのは容易だが、きれいごとと体裁で塗り固めた進歩的文化人に見られない率直さこそ、氏の流儀であったとは言えるだろう。

ノーベル経済学賞の候補に擬せられた多彩な業績と、気難しげな面影を残し、森嶋氏が80歳で死去した。若い日に、国家が軍部に引きずられる歴史を見てきたからだろう。私は「弱い善人」が最も嫌いだ――と、その語録にある。

（２００４・７・17）

まど・みちお

応召したまど・みちおさんに近藤和一という友人ができた。調理師だという。教練で、二人して上官から「気合を入れる」ビンタを食らった。

休憩時間、隣に座る友の帽子が目に留まった。殴られてぼんやりした頭で、縫い取られたカタカナの名前を逆から読んでしまう。

「チイズカウドンコ」

調理師でチーズかうどん粉。おかしくて笑った。普通は泣きたい場面だろう。まどさんの詩が生まれ出る水源の泉を見たようで、この挿話を忘れかねている。

世の中は愉快で心地よいことばかりではない。醜い欲と邪心が大手を振って歩く。つらい仕打ちがある。

それを嘆くのではなく、ほんの小さな楽しいことを、美しいものを、穏やかなまなざしで見つめつづけた。「私は絶望感が持てないほど弱い人間だから」と語ったが、まどさんの詩が多くの人に愛されたゆえんだろう。童謡『ぞうさん』など数々の名作を残し、１０４歳で亡くなった。

〈蚊も亦《また》さびしいのだ。螫《さ》しもなんにもせんで、眉毛などのある面《かお》を、しずかに触りに来るのがある〉（『蚊』）

いのちとは、美しくて哀《かな》しい宝物だと教えてくれた人である。

（２０１４・３・１）

米原万里

無人島に漂着した3人の男に、神様が二つずつ願いをかなえてくれるという。米国人は「国に帰りたい。それと1億ドルの現金を」。フランス人は「国に帰りたい。それと美女を1ダース」。

と、最後に残ったロシア人が「ウオツカを1ダース。それと飲み仲間が欲しいな。そうだ、あの2人を呼び戻してくれ」。昨年末に出た米原万里さん『必笑小咄《こばなし》のテクニック』（集英社新書）の一節である。

いつもながらの軽妙な筆にクスリとさせられ、ときに腹をよじりながら読み終えて、

「あとがき」にはっとした。悪性の卵巣がんを患い、転移も判明した闘病のなかでの著述であることを明かしている。

訃報《ふほう》に接した。56歳という。ロシア語の通訳者として数々の国際舞台に立った人である。経験という身銭をきって磨き上げた批評眼は一編一編のエッセーに光り、洒脱《しゃだつ》にして辛辣《しんらつ》、笑いに包んだ社会点描は多くの読者に親しまれた。

著名人が自分の死亡記事を書きつづった『私の死亡記事』（文春文庫）に、〈終生ヒトのオスは飼わず〉と題する米原さんの文章がある。ロシア女帝の名前をもじり、〈エッ勝手リーナとあだ名された〉と書いている。勝手奔放と見せて、こまやかな神経のしのばれる筆遣いに味があった。

自前の死亡記事には、〈享年七十五〉とある。20年ほども余して、早すぎる。

（2006・5・31）

川内康範

作詞家の川内康範《かわうちこうはん》さんは北海道函館市の貧しい寺に生まれている。小学校を出て炭坑などで働き、上京した。血を売って生活の糧とした当時を著書『生涯助ッ人』（集英社）で回想している。

手術の血液が足りない患者に血を提供し、家族から5円、7円の謝礼をもらう。ある日、採血を終えて病院の一室で体を休めていると、隣室で家族の相談する声が聞こえた。

「お礼をするお金がないよ。どうしよう」

ふと、故郷にいる母親の顔が浮かんだ。寝る布団まで質に入れる暮らしの中で、寺に集まる供物を路上生活者などにいつも分かち与えていた人である。川内さんは足音がしないように下駄《げた》を胸に抱き、はだしで廊下を走って病院を立ち去ったという。

〈お前もいつかは世の中の／傘になれよと教えてくれた……〉（『おふくろさん』）

歌詞改変をめぐる騒動で森進一さんに見せた過剰とも映る怒りも、人生の涙と血で書かれたこの歌に思い入れがあってのことだったろう。

晩年まで芸能界を独特の険しい眼光で見つめて、川内さんが88歳で亡くなった。「演歌とは人の志を運ぶ舟である」と、残された言葉にある。

（２００８・４・８）

藤沢秀行

囲碁の名誉棋聖、藤沢秀行さんは競輪の一点買いに250万円をつぎ込んだことがある。目当ての選手に後続がきわどく迫る。藤沢さんは金網をつかみ、「ガマーン」と叫びつづけた。

最後に抜かれて大金は紙くずとなり、金網は菱形《ひしがた》にひしゃげた。貴人お手植えの松、ならぬ「秀行《しゅうこう》引き寄せの金網」として競輪場の名所になったという伝説が残る。

型破りは賭け事にとどまらない。将棋の米長邦雄永世棋聖がまだ若いころ、米長夫人が藤沢夫人を訪ね、「うちの主人は週に5日帰ってこないのですが……」と相談したという。藤沢夫人の答えていわく、「うちは３年、帰りませんでした」と、これは藤沢、米長両氏の対談集『勝負の極北』（クレスト社）にある。

事業に失敗して借金の山を築いた。並ぶ者なき棋聖戦６連覇の偉業は高利貸しに追われ、自宅を競売にかけられる修羅のなかで成し遂げられている。「最善手を求めて命を削っているから、借金も女も怖くない」と語った。

きのう、訃報《ふほう》に接した。享年83。誰よりもめちゃくちゃで、誰からも愛されて、誰よりも強かった。こういう人はもう現れないだろう。

（２００９・５・９）

吉野弘

炭鉱事故で言葉を失った男性が、言葉のカードを組み合わせて文章にする練習をしている。「豊かにする」というカードを男性は「苦労を」と合わせた。「暮らしを」ではない。

「苦労を・豊かにする」

それを見て、吉野弘さんは胸をつかれたという。そうだ、逃れられない苦労をせめて少しでも豊かにしようと、人は毎日を懸命に生きているのだ、と。ありふれた漢字や言葉、日常風景のなかに人生の襞《ひだ》を見つめつづけた詩人ならではの感銘だろう。

〈母は／舟の一族だろうか／こころもち傾いているのは／どんな荷物を／積みすぎているせいか〉（『漢字喜遊曲』より）

この何行かを読んだだけで、親不孝をした遠い昔がチクリと胸を刺す人もいるに違いない。結婚披露宴でよく読まれる『祝婚歌』もそうだが、平明な言葉で深い物思いに誘う詩人である。吉野さんが87歳で亡くなった。

顧みて、『過』という詩には幾たびも慰めてもらった覚えがある。

〈日々を過ごす／日々を過《あやま》つ／二つは／一つことか〉

まだまだお世話になるだろう。日々の過ちを過去に流しながら、苦労を豊かにしていく人生なれば。

（２０１４・１・21）

池部良

小学生の昔を回想し、その人は書いている。初めて吹いたハーモニカの思い出である。

〈口に当ててみたら冬になりかけの日だったから、吐いた息がクローム・メッキしてある薄い鉄板の覆いに白く円型に残った〉

わずか数行の文章から、ひんやりとした初冬の空気と、唇に触れた楽器の冷たい感触とが伝わってくる。エッセーの一節、作者は俳優の池部良さんである。

たぐいまれなる美貌《びぼう》の人に長寿を恵み、文学賞を手にする文才までお与えになる。

神様とは、そう公平なお方でもないらしい。池部さんが92歳で死去した。

日本が戦後を再出発した記念碑の映画『青い山脈』では30歳にして旧制高校の生徒役を好演し、高倉健さんと共演した『昭和残俠伝《ざんきょうでん》』では中年の俠客を演じて若者の喝采《かっさい》を浴びている。文筆も含めて、年輪を重ねるごとに違う花を咲かせた。神様に祝福された表現者の人生である。

「映画俳優」という言葉が似合う最後の人でもあろう。語感にキラキラした重量感の漂うその言葉も、池部さんは数々の〝二枚目伝説〟と共に天に連れていった気がする。『青い山脈』の、あの自転車に乗せて。

（２０１０・10・13）

第9章
上を向いて歩こう
―東日本大震災―

その日

幾度となく腕時計の文字盤に目を走らせながら、東京都内の職場でこれを書いている。青森市・仙台市17時39分、福島市・水戸市17時41分、東京都17時44分……各地に日の入りの時刻が迫っているが、余震は収まる気配がない。書棚に積み上げた本が、いままた揺れている。

震源に近い被災地は停電したままである。日没によって真っ暗になれば、土砂崩れや火災から避難するのにも危険が増し、救援活動もままならないだろう。

きのう午後、東北から関東まで広い地域を襲った地震は日本では観測史上最大の規模という。犠牲者の数は見当もつかない。

言葉で世渡りをする手前、「言葉にならない」は禁句にしてきたが、その光景をどう言い表そう。川を遡《さかのぼ》った津波が田畑を呑《の》み、家屋や車を押し流す。「まさか、あの家に人が」「まさか、あの車に人が」と、〝まさか〟の一語だけを馬鹿《ばか》のように胸のなかで繰り返している。

窓の外はすっかり闇に沈んだ。倒壊した家屋の下で、あるいは泥流に孤立して、どれほどの数の人が恐怖と、寒さと、空腹に耐えているだろう。祈ることしかできない身が、もどかしい。

（2011・3・12）

糧

同じ心を、昔の人は歌に詠んでいる。

〈うらぶれて袖に涙のかかるとき人の心の奥ぞ知らるる〉

さして昵懇《じっこん》の間柄でもなかったあの人が、憎まれ口を叩《たた》き合ったこの人も……。

失意と逆境のときに触れる他人の情けほど、骨身にしみてありがたいものはない。

米国はもとより、中国やロシアを含む十数か国から救助隊が来日し、東日本巨大地震の被災地で困難な救援活動に加わってくれている。

外電という形で届く〝情け〟もある。英紙インデペンデントは1面全面を使って

「日の丸」のイラストを掲げ、日本語で〈がんばれ、日本。がんばれ、東北〉と書いた。

デイリー・ミラー紙は宮城県南三陸町の被災地ルポを載せ、〈泣き叫ぶ声もヒステリーも怒りもない。日本人は、黙って威厳をもち、なすべき事をしている〉と感嘆をもって伝えている。

イタリアでプレーしているサッカーの長友佑都選手がピッチで掲げた「日の丸」には〈一人じゃない　みんながいる！〉とあった。いま、こうして書いていて、文字がにじんでくる。あの地震が起きてからというもの、涙を燃料に毎日を生きている。そんな気がする。

（２０１１・３・17）

君に

生まれてまもない君に、いつか読んでほしい句がある。
〈寒き世に泪《なみだ》そなへて生れ来し〉（正木浩二）
君も「寒き世」の凍える夜に生まれた。列島におびただしい泪が流れた日である。震災の夜、宮城県石巻市の避難所でお母さんが産気づいた。被災者の女性たちが手を貸した。停電の暗闇で懐中電灯の明かりを頼りに、へその緒を裁縫用の糸でしばり、君を発泡スチロールの箱に入れて暖めたという。
男の子という以外、君のことは何も知らない。それでも、ふと思うときがある。僕たちは誕生日を同じくするきょうだいかも知れないと。

日本人の一人ひとりがあの地震を境に、いままでよりも他人の痛みに少し敏感で、少し涙もろくなった新しい人生を歩み出そうとしている。原発では深刻な危機がつづき、復興の光明はまだ見えないけれど、「寒き世」は「あたたかき世」になる。する。どちらが早く足を踏ん張って立ち上がるか、競争だろう。

原爆忌や終戦記念日のある8月と同じように、日本人にとって特別な月となった3月が、きょうで終わる。名前も知らぬ君よ。たくましく、美しく、一緒に育とう。

（2011・3・31）

センバツ

何年か前、新潟県内の公民館を訪ねた折、ロビーに飾られた色紙を見た。

〈生きているということは／誰かに借りをつくること／生きてゆくということは／その借りを返してゆくこと――永六輔〉

メモ帳に書き留めたまま忘れていた言葉を思い出した。日曜日に幕を閉じた春の甲子園〝センバツ〟（選抜高校野球大会）で、幾度か目にした光景がある。

中盤の5回が終わると、グラウンドの整備が始まる。踏み荒れた土を整備員がきれいにならす。試合再開のとき、選手たちはベンチの前に整列し、引き揚げていく整備員に帽子を脱いで深々と一礼した……。今大会に始まった礼儀ではないのだろうが、大震災の直後である。野球のできる幸せに感謝する心が、見るたび、胸にしみた。

目にすることのなかった光景もある。優勝の瞬間、選手たちが人さし指を天に突き上げてマウンドに群れ集うおなじみの姿を、今年は見なかった。東海大相模（神奈川）ナインの抑えに抑えた喜びの表現が印象に残る。これもまた〈生きているということは……〉の心であったろう。

見た光景も、見なかった光景も、忘れ得ぬ春である。


（2011・4・5）

余震

日本の風土から生まれたというよりは、西欧産の輸入語めいた香りの漂う「愛する」という言葉を嫌ったのはコラムニストの故・山本夏彦さんである。「愛する」が日本語になるには百年や二百年はかかるだろう、と。

「百年や二百年」の時間を、この大震災が縮めたのかも知れない。愛する家族、故郷。山本さんが存命でも、おそらくはもう抵抗を感じない日本語だろう。

このひと月、胸を突かれた記事を切り抜く暇のないまま、破ったなりに机へ積み上げてある。岩手県宮古市、昆愛海《こんまなみ》ちゃん（4）の記事（本紙3月31日付）は何度、手に取ったか分からない。

両親と妹が津波にさらわれた。親戚の家に身を寄せた愛海ちゃんは、こたつの上にノートをひろげ、母親に手紙を書きはじめたという。

「ままへ。いきてるといいね　おげんきですか」

1文字ずつ、色鉛筆で1時間ほどかけて書いたといい、そこまで書いて疲れたのだろう。ノートを枕にすやすや眠る、あどけない寝顔の写真が載っている。

きのうも強い揺れが東日本を襲った。愛する人を奪い、奪われた人をおびやかす。いいかげんに、もうよせ。


（2011・4・12）

風評被害

浪曲師の二代目広沢虎造は東京・浅草の自宅で関東大震災に遭った。家事を手伝う少女を連れて避難したが、食べるものがない。ある町で握り飯の炊き出しをしていた。

「子供が腹をすかせています。一つ、いただけませんでしょうか」

「町内の方じゃありませんな。よその方には差し上げられません」

「子供の分だけでいいんです」

「お断り致します」

虎造は死ぬまでその町の寄席には出演しなかったと、吉川潮さんの虎造一代記『江戸っ子だってねえ』（NHK出版）にある。つらいときに受けた心ない仕打ちは胸に深く刻まれて残る。

読売新聞『気流』欄（東京版）で、気持ちのふさぐ投稿を読んだ。福島県から他県に出かけた人の車（会津ナンバー）に、駐車場で誰かが「帰れ、来るな」と落書きをしたという。人への風評被害が広がりつつあるらしい。

被曝《ひばく》の危険を顧みず、原発事故の処理にあたる人たちがいる。小さな手に握りしめたお小遣いの10円玉を、爪先立ちして募金箱に入れる幼子がいる。皆が〝心の握り飯〟を被災者に持ち寄ろうとしているときである。顔が赤くならないかい、落書きの君よ。

（2011・4・20）

追憶

昔の学生たちはときに、朝寝坊の弁明に戯《ざ》れ句を用いたという。〈寝台白布《しんだいはくふ》これを父母に受く、あえて起床せざるは孝の始めなり〉両親から授かったベッドとシーツに親しみ、起床しません。なんと親孝行な私でしょう、と。

大蔵官僚から東京証券取引所の理事長などを務めた谷村裕さんが随筆に書いていた。ことわるまでもなく、中国の古典『孝経』の一節〈身体髪膚《はっぷ》これを父母に受く、あえて毀傷《きしょう》せざるは孝の始めなり〉のもじりである。

たわいのない言葉遊びではあろうが、「なるほどなあ」と考えるときもある。

この震災で多くの親御さんが大事な息子や娘を亡くした。「早く起きないと、学校に遅刻するわよ」「うるさいなァ」といったやりとりが、いかに幸福な時間であったか、胸を突き刺すような追憶のなかで嚙《か》みしめている人もあるに違いない。何の変哲もない日常の起き伏し一つひとつに感謝せずにはいられない今年の「こどもの日」である。

明治生まれの歌人、三ヶ島葭子《みかしまよしこ》に一首がある。

〈よく遊び疲れたる子は眠りたり生れしその日もこの顔なりし〉

寝顔という親孝行も、たしかにある。

（2011・5・5）

薄情

都々逸にある。

〈松という字を分析すれば　きみ（公）とぼく（木）との差し向かい〉

人と人とが寄り添う。差し向かいになるはずが、相手からツンとそっぽを向かれた松は気の毒である。

大津波で倒れた岩手県陸前高田市の景勝地「高田松原」の松で作った薪《まき》を「京都五山送り火」（今月16日）で燃やす計画が中止になった。放射能汚染を心配する声に配慮し、大文字保存会（京都市）が判断したという。

犠牲者の名前や復興の願いが書き込まれた薪は、鎮魂の祈りとともに京都の夜空を焦がすはずであったが、それも残念ながら叶《かな》わない。

高田松原は原発から遠く離れ、検査でも薪から放射性セシウムは検出されなかった。それなのに、である。この一件は例外的な出来事であって、被災地の人々や産品を科学的根拠もなしに遠ざける心が知らず知らず、日本人の胸に根を張ったのではないと信じたいが、さて、どうか。一人ひとりが胸に手をあててみる機会になるなら、不幸な松たちも幾らかは浮かばれよう。

「大」という字を分析すれば、おのれ一人がいるばかり。寄り添う心を持てない世の中はさびしい。

（２０１１・８・９）

1年後

使い慣れた言い回しにも嘘《うそ》がある。時は流れる、という。流れない「時」もある。雪のように降り積もる。

〈時計の針が前にすすむと「時間」になります／後にすすむと「思い出」になります〉

寺山修司は『思い出の歴史』と題する詩にそう書いたが、この1年は詩人の定義にあてはまらない異形の歳月であったろう。津波に肉親を奪われ、放射線に故郷を追われた人にとって、震災が思い出に変わることは金輪際あり得ない。復興の遅々たる歩みを思えば、針は前にも進んでいない。いまも午後2時46分を指して、時計は止まったままである。

死者・不明者は約2万人――と書きかけて、ためらう。命に「約」や端数があるはずもない。人の命を量では語るまいと、メディアは犠牲者と家族の人生にさまざまな光をあててきた。本紙の読者はその幼女を知っている。

〈ままへ。いきてるといいね　おげんきですか〉

行方不明の母に手紙を書いた岩手県宮古市の4歳児、昆愛海《こんまなみ》ちゃんもいまは5歳、5月には学齢の6歳になる。漢字を学び、自分の名前の中で「母」が見守ってくれていることに気づく日も遠くないだろう。成長の年輪を一つ刻むだけの時間を費やしながら、いまなお「あの」ではなく「この」震災であることが悔しく、恥ずかしい。

口にするのも文字にするのも、気の滅入《めい》る言葉がある。「絆」である。その心は尊くとも、昔の流行歌ではないが、〽言葉にすれば嘘に染まる（『ダンシング・オールナイト』）。宮城県石巻市には、市が自力で処理できる106年分のがれきが積まれている。すべての都道府県で少しずつ引き受ける総力戦以外には解決の手だてがないものを、「汚染の危険がゼロではないのだから」という受け入れ側の拒否反応もあって、がれきの処理は進んでいない。羞恥心を覚えることなく「絆」を語るには、相当に丈夫な神経が要る。

人は優しくなったか。賢くなったか。1年という時間が発する問いは二つだろう。

政権与党内では「造反カードの切りどきは……」といった政略談議が音量を増している。予算の財源を手当てする法案には成立のめどが立っていない。肝心かなめの立法府が違法状態の〝脱法府〟に転じたと聞くに及んでは、悪い夢をみているようでもある。総じて神経の丈夫な人々の暮らす永田町にしても、歳月の問いに「はい」と胸を張って答えられる人は少数だろう。

雪下ろしをしないと屋根がもたないように、降り積もった時間の〝時下ろし〟をしなければ日本という国がもたない。ひたすら被災地のことだけを考えて、ほかのすべてが脳裏から消えた1年前のあの夜に、一人ひとりが立ち返る以外、時計の針を前に進めるすべはあるまい。この1年に流した一生分の涙をぬぐうのに疲れて、スコップを握る手は重くとも。

（2012・3・11）

東京スカイツリー

インタビューの名手といわれたコラムニスト、いまは亡き青木雨彦さんはご婦人が相手でも、必ず年齢を尋ねた。年齢で人間を計ろうとしたのではないという。

〈そのひとの人生の句読点を知りたいのである。たとえば、日本が戦争に敗けたとき、そのひとはいくつだったか〉（ダイヤモンド社『冗談の作法』）

終戦に限るまい。〝人生の句読点〟と呼べそうな出来事は誰にでもあるだろう。東京オリンピック、大阪万博、何をおいても東日本大震災……きょうの「東京スカイツリー」開業もあるいはそうなるかも知れない。

目標の高さ６３４メートルに到達したのは震災の１週間後、昨年３月18日のことである。翌日の紙面では、「死者、阪神大震災を超す」「福島第一原発で連日の放水」といった記事の陰に小さく報じられている。僕が、私が、何歳の頃だったな——いまの子供たちがいつか大人になって句読点を振り返る日が来るだろう。そのとき、活気に満ちて暮らしやすい世の中であればいい。

遠くから眺めると、天上の鍼灸《しんきゅう》師が大きな手で地表に刺した鍼《はり》のようでもある。傷つき疲れた国を癒やす鍼のような。

（２０１２・５・22）

戦死

山笑う春、山滴る夏、山粧《よそお》う秋、山眠る冬。俳人の長谷川櫂さんは詠んでいる。
〈山哭《な》くといふ季語よあれ原発忌〉（句集『柏餅《かしわもち》』より）
吉田昌郎《まさお》さんが食道がんで亡くなった。58歳という。官邸や東京電力本店からの指示が混乱、錯綜《さくそう》し、寝ぼけたような命令も飛んでくるなかで、東電福島第一原子力発電所の所長として最悪の事態を回避すべく、現場で陣頭指揮にあたった人である。
現場と東電本店を結んだテレビ会議で吉田さんは突然立ち上がり、カメラに尻を向けてズボンをおろした。パンツの中にシャツを入れ直す。カメラの向こうには当時の菅直人首相もいた。作家の門田隆将さんが吉田さんの談話を交えて綴《つづ》った『死の淵《ふち》を見た男』（ＰＨＰ研究所）にある。

自分が感情を爆発させれば部下が動揺する。パンツの尻を向けることで、もろもろの不満を腹にのみ下したのだろう。がんと被曝《ひばく》に因果関係はないとしても、過労とストレスが命を縮めたのは間違いない。暴れ狂う原子炉と格闘した末の戦死である。

長谷川さんの造語であるらしい「原発忌」という言葉が、悲しくもこれほど胸に迫る人はいない。

（２０１３・７・11）

楽天優勝

真珠は痛める貝に宿るという。身の内に入り込んだ小石などの異物に刺激を受け、それを核にして貝は真珠をつくる。

肉に食い込む異物が痛くて、少しでもやわらげたくて、貝はあのなめらかな真珠質の膜で異物を覆うのかと、しろうと考えに想像するときがある。

人も同じだろう。誰しも何かしらは災難や不幸の「異物」を胸に抱いている。かけられた優しい言葉だったり、友と交わすたわいない冗談だったり、幼いわが子のカタコトだったり――異物を覆う膜の一つひとつはどれもささやかなものだとしても、それがあるから人はきょうを生きられる。

〈絹の上に一れんの真珠を置くなればもろもろの死の重きゆふぐれ〉（葛原妙子）

重い「もろもろの死」を体験し、いまも苦難の途上にある被災地の人々にとって、プロ野球パ・リーグの楽天優勝はとりわけなめらかな真珠層の贈り物に違いない。

真珠は古い呼び名を「白玉《しらたま》」という。〝白玉の歯にしみとほる〟季節でもある。今宵《こよい》は両腕を天に突き上げたマー君の残像を飛び切りの肴《さかな》にして、目の高さに盃《さかずき》を掲げるとしよう。東北のうまい地酒で満たし。

（2013・9・28）

第10章 四季の歌

―梅雨明けから―

蟬

朝、自宅のベランダで蟬《せみ》を見つけた。腹を上に向けて動かない。コンクリートの上では土に返ることもできなかろうと、手にとって階下の地面に抛《ほう》った。と、指先を離れる瞬間、まだ息があったらしく、蟬は羽ばたいて視界から消えた。

〈来年の今日に逢《あ》わないもののため欅《けやき》は蟬をふところに抱く　清水矢一〉

来年のきょうも木々は緑を茂らせているが、いま鳴いている蟬はもうそこにいない。短いその命は古来、はかないもののたとえとされてきた。

きょうから8月、広島と長崎の原爆忌があり、終戦記念日があり、多くの人にとって「命」の一語が胸を去ることのない季節である。月が替わり、聞く蟬の声にはひとしお胸にしみ入るものがあろう。

今年は選挙の8月でもある。公示日を迎えれば「ミーン、ミーン」が「民意、民意」と聞こえたり、「オーシックツク」が「惜しい、つくづく」と聞こえたり、蟬たちの声もいくらかは時節の色を帯びて響くのかも知れない。いまのうちに、声を限りの絶唱に耳をすますとしよう。

飛び立つ瞬間の、腹部の振動が指先に残っている。命の鼓動とは哀《かな》しいものである。

（2009・8・1）

原爆忌

ビルの地下室に、うめき声と血のにおいが充満していた。原爆で壊滅した広島の夜、蠟燭《ろうそく》もない闇のなかで妊婦が産気づく。栗原貞子さんの詩『生ましめん哉《かな》』である。私は産婆《さんば》です、産ませましょうと、ひとりの重傷者が名乗り出る。やがて産声が聞こえた。

〈かくてあかつきを待たず産婆は血まみれのまま死んだ／生ましめん哉／生ましめん哉／己《おの》が命捨つとも〉

赤ちゃんは女の子で「和子」と名づけられた。小嶋和子さんはいま、息子さんと広島市内で食事と酒の店を営んでおられる。誕生日は原爆投下の2日後、もうすぐ62歳になる。

亡き母は被爆体験をほとんど語らず、和子さんは高校に上がるまで詩のモデルであることを知らずにいた。

「胎内被爆した娘が世間から偏見をもたれないように、という気遣いだったのでしょうね」

開店前の忙しい夕刻、和子さんは仕事の手を時折やすめつつ話してくれた。いまは栗原さんの詩が朗読されると、生まれ出る身ではなく、地獄のような夜の底に命がけで産んでくれた母の身になって聴くという。涙がとまらない、と。

一個の光が闇の深さを伝えることもある。希望の結晶ともいうべきひとつの生命から、おびただしい死者の絶望が浮かび上がることもある。地下室の産声はいつまでも言葉なき語り部でありつづけるだろう。

（2007・8・6）

甲子園

職場のテレビから歌が流れている。その季節か、と思う。

〽雲はわき　光あふれて……。きのう開幕した夏の甲子園、高校野球の大会歌『栄冠は君に輝く』である。古関裕而《こせきゆうじ》さんが作曲した。

誕生日も命日もこの月で、〝8月の人〟とでも呼べそうな古関さんにはもう一つ、8月にゆかりの深い歌がある。〽こよなく晴れた青空を　悲しと思うせつなさよ。きょうは『長崎の鐘』を口ずさむ人もいるだろう。

何を繰り返してはいけないか。何をなくしてはいけないか。この季節、二つの古関メロディーは問いかけてやまない。

スポーツを通して、日本人が平和のありがたみを肌身で知ったのは東京五輪だろう。開会式の行進曲も古関さんの作品だった。２０２０年五輪の東京招致が実るかどうかのヤマ場を迎えて、回想の映像とともに懐かしく接する機会があるに違いない。

歌人の秋葉四郎さんに一首がある。

〈究極の平和と謂《い》はめオリンピックの勝者のなみだ敗者の涙〉

古関メロディーの心に通じよう。「オリンピック」を「高校野球」と読み替えてしばらくは、勝者と敗者の涙に酔わせてもらうつもりでいる。

（2013・8・9）

終戦の日

木の扉を押すと、コンクリートの床と壁が続いている。長野県上田市の山王山、その頂に建つ「無言館」は静かでひんやりと、死者の眠る石室にも似たたたずまいである。

戦没した画学生の作品を集めた異色の美術館として、6年前に開館した。いかようにも開いただろう才能の花を、つぼみのまま戦火に散らせた若者たちをしのび、訪れる人影の絶えることはない。

冬枯れの山、かやぶき屋根の民家を描いた絵が飾られている。曽宮俊一作『風景』。

東京美術学校を出た俊一は終戦の年の3月、中国湖北省で戦死した。24歳だった。

洋画家、曽宮一念の名はご存じの方もあるだろう。枯れたなかにおかしみのある随筆の書き手としても知られ、日本エッセイストクラブ賞などを受けている。1994年（平成6年）に101歳で死去したその人の、俊一は長男である。

戦地から小指の先ほどの遺骨が帰った。静岡県にお住まいの長女、夕見《ゆみ》さんによれば、一念は墓をつくらなかった。90歳を過ぎるまでは、家族と語らう場においてさえ、俊一の話題には触れなかったという。

墓標にも、言葉にも、その死を置き換えかねた父は、自ら一個の「無言の館」となって心の扉を閉ざしたのだろう。人々の胸に数限りない「無言の館」をこしらえただろう戦争が終わって、58年になる。

（2003・8・15）

月

ピグミーシーホースは体長1センチほど、最も小さいタツノオトシゴの仲間という。1年ほど前、NHKの番組『プラネット・アース』でその生態を見た。

インドネシア沖の海底に暮らす彼らは、ひとつのサンゴの上で一生を終える。2匹が頭の突起をぶつけ合い、縄張りを争う姿をカメラがとらえていた。おいおい、互いに限りある命、数センチ四方の勢力圏を巡って何を争うことがあろう。

テレビの画面につぶやきかけて口をつぐんだ覚えがある。自分が月世界かどこかにいて、望遠鏡で人類の営みを観察しているかのような、不思議な心持ちになった。この地球も遠い宇宙から眺めれば、小さなサンゴの一片にすぎまい。

季語で「月」といえば秋の月を指すように、その美しい季節である。「中秋の名月」（25日）も近い。日本から月周回衛星「かぐや」が打ち上げられたばかりでもあり、夜空を仰いでは満ちていく姿を眺めている方もおられよう。

『竹取物語』によれば人の世は、月世界で罪を得た者が流される配流の地、「穢《きたな》き所」であるという。血なまぐさいテロの絶えない憎悪の国があり、核の脅威で稼ぐ欲望の国がある以上、月に向けて「お言葉ですが」と異議を申し立てるわけにもいくまい。

人類という名のピグミーシーホースが、天上の声を胸に受け止める日はいつだろう。

（2007・9・18）

新聞週間

敬愛する同業の先輩に、石井英夫さんがいる。産経新聞の名物コラム『産経抄』を35年間にわたって書き続けた方である。数年前に会社を退き、いまは「家事手伝い」という肩書を印刷した不思議な名刺を携えて、雑誌などに健筆をふるっておられる。

いつだったか、初任地の札幌で過ごした新人記者当時の昔ばなしをうかがった。雪の夜、地元紙の先輩記者に連れられて、石井青年が屋台でコップ酒を酌み交わしたときの思い出である。

「石井君、新聞記事っていうのは炭《たん》ガラみたいなものだ」

先輩記者は、そう言ったという。

炭ガラとは石炭の燃えカスである。「ストーブの炭ガラと同じように、新聞は次の日になれば捨てられてしまうけれど、一昼夜、人々の心を暖めたんだ。暖めた、そういう記事を書いたと思えば満足じゃないか。炭ガラ冥利に尽きるじゃないか」と。

「新聞週間」を迎えて、各紙で震災報道の検証が始まっている。おもちゃのように小さなストーブにすぎない小欄だが、被災者を暖めることのできた日がたとえ一昼夜でも、はたしてあったかどうか。わが〝炭ガラ〟たちに問うてみる。

（2011・10・15）

読書週間

「神田古本まつり」でにぎわう東京・神保町の古書店街を散策して、ひとつ買い物をした。研究社出版『英和笑辞典』で時価1000円也《なり》、奥付には「昭和36年9月30日発行」とある。

ぱらぱらめくってみると〈【ｄｕｔｙ】義務＝うんざりして受け、いやいや遂行し、はれやかに吹聴する〉、あるいは〈【Ｅｖｅ】イブ＝貴方《あなた》よりいい男がいたのよ、と言えなかった女〉など、どれも気が利いている。

以前の持ち主が気に入った個所なのだろう、幾つか傍線が引いてある。〈【ｍｉｒａ

ge】空中楼閣＝綴《つづ》りがmarriage（結婚）に似ており、意味もほとんど同じ〉や〈【wedding】婚礼＝自分で花を嗅《か》げる葬式〉などの傍線をみれば、その方面でご苦労されたお方か。

傍線ひとつに、名前も知らぬ人が「ね、ここ、いいでしょう？」と顔を出す。読書は著者との対話だといわれるが、かつての所蔵者を交えての〝鼎談《ていだん》〟も古書をひらく楽しみに違いない。

読書週間が始まった。虫の声、雨の音、そして〈【book】本＝声なき言葉〉。秋の夜更け、じっと耳を澄ますものに事欠かない季節である。

（2010・10・30）

新語・流行語大賞

流行語でも新語でもないので、世間でそう話題になることもなかったが、北京パラリンピックを報じる本紙で目にした宝石のような言葉が忘れられない。

男子400メートル、800メートル（車いす）で2冠を手にした伊藤智也選手が、金メダルの喜びを語っている。

〈いままでの人生で5番目にうれしい。子供が4人いるので〉

その子たちが生まれた時はもっとうれしかった、と。

師走の声を聞くといつも、その年に出会った宝石を胸のなかの手帳から取り出して眺める。昨年は70歳で逝去した作詞家阿久悠さんのお別れの会で、会場に飾られていた詩を書き留めた。

〈夢は砕けて夢と知り／愛は破れて愛と知り／時は流れて時と知り／友は別れて友と知り〉

手帳には悲しい宝石もある。拉致被害者の横田めぐみさんが小学5年のとき、旅先の福島県から両親と弟たちにあてた手紙である。一家の写真展で見た。〈たくや　てつや　おとうさん　おかあさん　もうすぐかえるよ　まっててね　めぐみ〉

今年の「新語・流行語大賞」が〈グ～！〉その他であることに異存はない。しまう場所が宝石とは違うだけである。

（2008・12・2）

年賀はがき

国文学者の池田弥三郎さんが富山県魚津市の大学に勤めていたころ、東京にいる友人の文芸評論家、山本健吉さんに手紙を書いた。文面はただ一行、〈ブリさし、イカさし、さしすせそ〉。

こちらの魚はうまいぞ、一緒に飲みたいね、という池田さんの心を読み取った山本さんの返信も、ただ一行、〈タラちり、フグちり、ちりぬるを〉。こちらにもうまいものがあるよ、会いたいね、と。

英文学者の外山滋比古《とやましげひこ》さんが『ユーモアのレッスン』（中公新書）に、「心にくい相聞」として紹介している。「時間がなかったので、長文になりました」と書簡に書いたのは哲学者のパスカルだが、なるほど、便りは長さではない。

短い文面で心の通い合う友は、燗酒《かんざけ》や鍋料理よりも温かいだろう。せめて年に一度、年賀状のやりとりぐらいはご両人の心の贈答をまねてみたいものだと、しみじみ思う。

冬の夜は長い。いまごろの時期から、昔なじみや恩師の顔をひとりひとり思い浮かべつつ筆をとれば、短い言葉のなかにも心のこもった相聞の年賀状が書けるのかも知れない。

わが身を顧みれば言うはやすくで、除夜の鐘が鳴るころに、白いはがきの束に突貫工事で紋切り型の賀詞を書き連ね、それでも三が日には間に合わない不義理の年越しを重ねている。汗かき、義理欠き、かきくけこ。

（2004・12・3）

義士祭

落語家の立川談春さんは中学生の頃、落語に親しむ学校の催しで東京・上野の寄席を訪れた。のちに師匠となる談志さんが高座に上がった。

談春さんの『赤めだか』（扶桑社）によれば、談志さんは四十七士の討ち入りを引いて落語論を語ったという。

「でもね赤穂藩には家来が３００人近くいたんだ。総数の中から47人しか敵討ちに行かなかった。残りの２５３人は逃げちゃったんだ」

理性ではどうすることもできない心の働きを「業《ごう》」という。

「逃げた奴等《やつら》はどんなに悪く言われたか考えてごらん。落語はね、この逃げちゃった奴等が主人公なんだ」

駄目な奴を認め、業を肯定するのが落語だよ、と。

「たまには落語を聴きに来いや。あんまり聴きすぎると無気力な大人になっちまうから、それも気をつけな」

最後は、得意の毒舌で締めくくったらしい。

〈熱燗《あつかん》や討入りおりた者同士〉（川崎展宏）

被災者の身の上を思えば、どんな苦労にも耐えられると理性では分かりつつ、身勝手や怠け癖の〝業〟に震災後も負けつづけて迎えた「義士討ち入りの日」である。熱燗と、心優しい談志節が腹にしみ渡る。

（2011・12・14）

創作四字熟語

男が目薬を買ってきた。目尻の当て字か、説明書きに「女尻《めじり》へ差せ」とある。女房の尻に差すと、女房たまらずブーッと放ち、飛び散った薬は男の目へ。

「なるほど、こうして差すのか」

古い小咄《こばなし》にある。

音《おん》は生かし、別の字をあてる。昔ながらの言葉遊びである。その伝統を今に受け継いでいるのは『創作四字熟語』だろう。住友生命保険が一般から募り、歳末のこの時期に発表している。

これまで〈紫煙楚歌《しえんそか》〉（1992年）、〈圏外孤独《けんがいこどく》〉（2000年）、〈様様様様《よんさま》〉（2004年）、〈伸弥万称《しんやばんしょう》〉（2012年）などの名作が生まれた。

今年の優秀作品には「異口同音」をもじった〈何時答今《いつとうこん》〉（今でしょ！）や、「是々非々」をもじった〈j.j日日《じぇじぇひび》〉が並ぶ。仕事で、私生活で、誰にとってもおそらくは良いことばかりではなかった一年だろう。遊びごころを来年への景気づけにして、ゆく年を振り返るのもいい。

プロ野球・楽天の〝マー君〟田中将大投手の〈快投連将《かいとうれんま》〉も記憶に残る。「日本一」の瞬間をテレビで見ていて被災地の心情がしのばれ、指で目尻をぬぐったのを思い出す。女尻ではない。

（2013・12・19）

除夜

波止場のある町で育ったので、一句がまとう夜の匂いが懐かしい。

〈バーテンは霧笛の船の名を知れり〉（富岡桐人《とうじん》）

俳人が女優安奈淳さんの父君であることを、安奈さんの随筆で知った。

子供の頃は酒場にまだ縁がなく、船の名を教えてくれるバーテンさんの知り合いもいなかったが、霧笛には思い出がある。大みそかの夜、日付が変わると同時に停泊中の船から一斉に鳴り出す霧笛は、埠頭《ふとう》のそばにお住まいの方にはおなじみだろう。

静寂に余韻のしみ入る除夜の鐘も味わい深いが、今年は何十年かぶりで除夜の霧笛に心をひかれている。安否を尋ね合っては涙し、無事を知らせ合っては涙した年の終わりには、哀調を帯びて呼び交わす霧笛が似合うかも知れない。

〈われわれは後ろ向きに未来へ入ってゆく〉。あたかも行く手に背を向けてボートを漕《こ》ぐように。

詩人バレリーの言葉という。人が見ることのできる景色は過去と現在だけである。あの日、あの朝、すぐ後ろに何が待っているか、誰も知らなかった。

忘れたいものと、忘れてはいけないものと、心に重い船荷を載せた今年の航海も、じきに終わる。

（2011・12・31）

撮影◎谷口ともの り

ラクレとは…la clef=フランス語で「鍵」の意味です。
情報が氾濫するいま、時代を読み解き指針を示す
「知識の鍵」を提供します。

中公新書ラクレ
620

読売新聞《よみうりしんぶん》　朝刊《ちょうかん》一面《いちめん》コラム

竹《たけ》内《うち》政《まさ》明《あき》の「編《へん》集《しゅう》手《て》帳《ちょう》」傑《けっ》作《さく》選《せん》

2018年5月10日初版
2020年2月15日6版

著者……竹内政明《たけうちまさあき》

発行者……松田陽三
発行所……中央公論新社
〒100-8152 東京都千代田区大手町1-7-1
電話……販売 03-5299-1730　編集 03-5299-1870
URL http://www.chuko.co.jp/

本文印刷……三晃印刷
カバー印刷……大熊整美堂
製本……小泉製本

Published by CHUOKORON-SHINSHA, INC.
Printed in Japan　ISBN978-4-12-150620-7　C1295

中公新書ラクレ　好評既刊

L561
読売新聞 朝刊一面コラム「編集手帳」第三十集
竹内政明 著

「避難所に身を寄せる人たちに、水を、食料を、余震に驚かされることのない眠りを……とねんじるばかりである」（「熊本地震」4月16日）――毎朝届けられる名文をじっくりと味わえる幸せ。北朝鮮の水爆実験、長距離弾道ミサイル発射。国内では熊本地震が起き、いまなお多くの被災者が苦しんでいる。一方、伊勢志摩サミット後には、オバマ大統領が広島を訪問して、核なき世界の実現に向けた決意を表明した。激動の二〇一六年上期を辿る。

L577
読売新聞 朝刊一面コラム「編集手帳」第三十一集
竹内政明 著

「その廃絶に1ミリ前進しては1メートル後退するいらだちのなかで迎えた原爆忌である」（「午前8時15分」8月6日）――毎朝届けられる名文をじっくりと味わえる幸せ。「都民ファースト」を謳う小池百合子氏が当選を果たした東京都知事選挙、日本人選手が大活躍したリオ五輪、大隅良典氏のノーベル生理学・医学賞受賞、アメリカ大統領選挙でドナルド・トランプ氏が当選。激動の二〇一六年下期を辿る。

L593
読売新聞 朝刊一面コラム「編集手帳」第三十二集
竹内政明 著

毎朝届けられる名文をじっくりと味わえる幸せ。トランプ政権は空前の低支持率で前途多難を思わせ、国内では築地市場の豊洲移転問題。スポーツ界では稀勢の里によって日本人横綱不在に終止符が打たれ、女子フィギュアの浅田真央は現役引退。時代の転換期を印象づけた。一方、変わらないのは北朝鮮。拉致問題にはまったく進展がなく、逆にミサイル実験は立て続けに行われ、暴走はとどまるところを知らない。激動の二〇一七年上半期をたどる。